写好短剧

查理 著

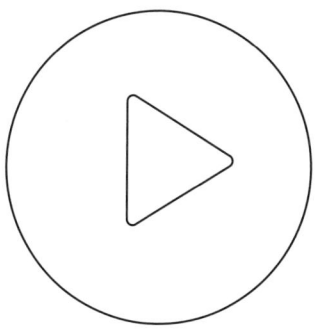

陕西新华出版
太白文艺出版社·西安

果麦文化 出品

目录

chapter 01　短剧创作入门　　　　　　　　　　1

什么是故事　　　　　　　　　　2
生活中的故事　　　　　　　　　　9
成为创作者的准备　　　　　　　　　　14
解放天性　　　　　　　　　　21
了解影视行业　　　　　　　　　　27

chapter 02　认识剧本　　　　　　　　　　33

剧本的格式与规范　　　　　　　　　　34
剧本的不同类型　　　　　　　　　　42
剧本的创作流程　　　　　　　　　　48

charpter 03　从灵感到故事　53

创作灵感的获取和整理　54

整理出合格的故事创意　58

故事构建的五种类型　64

丰富故事的元素　83

剖析故事元素范例　89

charpter 04　开始创作　99

塑造剧本人物　100

设置剧本的四幕式结构　120

写好剧本的每一场戏　135

对白创作技巧　144

charpter 05　短剧创作指南　153

了解短剧　154

短剧的开场戏		168
短剧的高潮戏		172
短剧的悬念		176
短剧的反转		180
短剧的叙事视角		182
短剧的创作公式		185

chapter 06	**短剧创作入行变现**	**195**
	短剧创作的实操技巧	196
	怎样进入短剧影视行业	207

chapter 07	**短剧剧本修改的 70 个要点**	**213**

	结语	**237**
	讲好自己的人生故事	238

写好短剧

chapter 01

短剧创作入门

什么是故事

虽然我不太爱讲概念化的内容，更爱讲一些实操、实用的方法，但在真正创作之前，我们还是有必要厘清一些概念。首先，我们要知道什么是"故事"。

■ 对故事的理解

故事这个概念，可大可小，要知道，我们创作的本质就是讲故事。但故事究竟指什么呢？我们可以从五个层面去理解它，然后看看你的理解在第几层。

第一层，故事实际是人类语言表达的补充

严格来说，所有的艺术都是人类语言表达的补充，而故事只是艺术的一种，除了故事，还有绘画、舞蹈、唱歌等都是人类语言表达的补充。从另一个角度而言，它们是人类的一种沟通方式，并且暗含着一个意思，那就是人类这个物种是非常依赖沟通的。我们沟通的主要方式是语言，当语言涵盖不到的时候，就需要用艺术去补充。比如过去的人不识字，就用画去交流，古代绘画高速发展之时，往往也是宗教发展的时候，因为宗教教义是最需要传播的。

故事是人类语言表达的补充，这个理解能给我们带来什么启发呢？

第一，语言表达之于人类的重要性不言而喻，故事作为补充则进一步达成强化，不管是讲故事还是听故事，都是刻在人类基因里的。

第二，故事终究还是要表达一些什么的，表达某种观点的人往往担心听者不接受、不信任，抑或传播效率太低，于是以故事的形式去传播他想表达的内容。

第二层，故事是人类多态化需求的必然产物

罗素说过："参差多态乃是幸福的本源。"人的肉身有限，能抵达的地方有限，也终将湮灭，偏偏人类的思想被困在肉身之中，思想的强大与肉身的弱小，如此矛盾就会产生人类多态化幸福的追求，想过各种各样的人生，但却无法满足。正因为如此，就催生出艺术，以故事去满足。过去的故事，往往都是人类的幻想，幻想着上天入地、奇珍异宝，多态化是幸福的本源，故事包含了人们幸福生活的愿景。

这一层理解带来的启示在于：我们要刻意地去描绘人们想得而得不到的内容，尤其是短剧。但那些惨痛的悲剧又说明什么呢？人性是复杂的，既有追求幸福的，也有体验痛苦的。从辩证的角度来说，悲惨的故事也是多态化追求下的一种幸福。

第三层，讲故事，是人类的起源

这个概念在很多年前很流行，人类这种动物是从什么时候成为人类的？有人提出是制造和生产工具，但后来被推翻了，因为其他有些动物也会。历史学家尤瓦尔·诺亚·赫拉利在他的《人类简史：从动物到上帝》中认为，故事，是人类的起点。当动物开始讲故事时，他便与其他动物区分开来，成为人类。学会讲故事，是人类的第一次认知革命。

八九万年前，智人走出非洲，开始了他们走向全世界的迁徙之路，最终征服整个人类世界。尤瓦尔·诺亚·赫拉利认为，来自非洲的智人之所以最终取得胜利，是因为他们学会了讲故事。

讲故事，即虚构。智人学会了虚构，正是这种能力让他们在全世界的人猿之中脱颖而出。研究发现，智人在体能和脑容量上并不占优势，比如，欧洲的尼安德特人比他们更加身强体壮，更加聪慧机敏，在那时已经会制作皮袄御寒了。从进化的角度来说，尼安德特人是最有资格统治全球的。

不过，尼安德特人部落只是一个依靠血缘来维系的数十人团队。智人却不同，他可以通过虚构来凝聚团队，比如，崇拜某个共同的精神象征，这就让更多的智人聚集在一起，同仇敌忾，形成更强大的力量。不仅如此，智人还能依靠虚构来制定战术，当明天战争来袭，谁负责左右包抄，谁负责偷袭后方，谁负责在家守卫，这些都可以通过虚构去解决。尼安德特人则不一样，他们只有动物最直观的反应，无法预知未来，无法想象不存在的景象，没有假设的能力，只能看到什么就做什么。这些就连最聪明的狗都做不到，尽管它们的智力可能相当于人类的六七岁，但它们依旧不能虚构。当智人与尼安德特人在欧洲的山谷中狭路相逢，无论是从人数上还是战术上，穿着皮袄的尼安德特人都无法与智人匹敌。

这些能力，实际上就是讲故事的虚构能力，从这个角度而言，故事就是人类的起点，或者说让人类区别于其他动物。从讲故事的那一天起，人便成了人，支撑着文明持续发展。

第四层，这个世界本身就是故事

世界是由一些定义构成的，定义本身也是故事，世界是定义的总和，也就是故事的总和——这是老子提出来的思想。所谓"道可道，非常道；名可名，非常名"，世界即我们对其的命名。自从一个人有了意识，就以想象构建了世界，但每个人对世界的构想可能都不一样，有一种极端的说法认为：这个世界可能只有你自己存在，你的所见所闻都是你构建的，都是你的投射，你的出身、金钱、地位，都是在你大脑中构建出来的故事。当然，那些共同的构建就称之为"规则"，在这个规则之下人们有着共同的愿景，做着共同的事情。

第五层，故事是人对定义了世界之后的痛苦和恐惧

这一层的理解，来自庄子。人在大脑中创建了这个世界，但定义永远不能抵达世界的本质，因为一旦有了定义，本质就扭曲和消失了，一切的定义都无法还原这个世界的本真，永远达不到"道"。比如，我来定义我：查理。那么查理到底是谁呢？是这个肉身还是这团思想，还是其整体？每个人都是由细胞构成的，那么细胞到底要更新多少之后我就不再是我呢？这些都是定义，一旦定义了查理，查理也就崩塌了。

庄子认为，一旦你定义了这个世界，世界就会在你面前崩塌，而它带来的痛苦与恐惧将会伴随人类的一生。正因为如此，人要不

断地去构建新的故事，有新的追求，在痛苦与怀疑中不断创造新故事、传播故事。这个追求是无止境的，仿佛追赶一道光一般。

对于故事的五层理解，创作者只需要理解前两点，后三点则送给有缘人。

■ 故事的特性

传播性

故事在时间和空间的维度上都有传播性，越好的故事传播得越广越久，千古流传。

交互性

即每个人对故事的理解都不一样。因为故事不是只有故事本身，它还由讲述者和聆听者这两部分构成。

成长性

讲述者和聆听者有交互，在这个过程中故事会重新生长。任何故事在被创造出来之后，在传播过程中将不受原创人的控制，焕发新生，这是故事的成长性。

共通性

一个故事之所以能成为故事，在于它包含了人类共同的情感，我们也称之为：共鸣、共情。有一本书叫《千面英雄》，其中提到，古代世界各地人们生活得很分散，在没有交通工具的情况下，文明之间很难沟通交流，但世界各地的神话故事居然都差不多，这就很不可思议，比如西方的一些神祇与我们的孙悟空，不知父母，惹祸上身、被欺压、被凌辱、被镇压，再愤而反抗，最终招安。这个例子就充分证明了故事的共通性。

成瘾性

前面说过，人们在恐惧、空虚和崩塌中追求新的故事，因而上瘾也就不足为奇，尤其是在短视频狂轰滥炸的现在，在算法之下平台不断给你推送让你成瘾的短视频，刷完两个小时之后，你更空虚、更崩塌了，因为你知道那些东西都在加剧你的崩塌。

权威性

上述特性可以说是故事与生俱来的特性，最后一种特性是我们不能忽略的：权威性。每个人讲故事的能力有强有弱，而故事讲得更好、有更多渠道讲故事的人，往往会给人一种权威感。在以往文明刚刚发展的时候，每个村子或每个部落都有专门的人去记录故事，这个人可能会比村长或部落首领的地位都要高，因为他的脑子里装满了故事。如果无法理解，那么放到现在的社会，在没有互联网之前，报纸和电视上的内容通常都有先天性的权威感，人们都坚信不疑：都上报纸或电视了，肯定是真的呀。

■ 互联网对故事的影响

既然这本书探讨的是短剧，而短剧又是标准的互联网产品，那么互联网对故事又有哪些影响呢？我是经历过互联网诞生的那批人，经历过要打一个电话需要翻厚厚一本通信录、去一个地方要打开纸质地图的时代，据我观察，互联网把传播性、交互性、成长性、共通性和成瘾性全部增强了，因此我们进入了故事大爆发的时代。我们如今能看到的故事和过去几十年相比，不可同日而语，那时的故事少，《渴望》《西游记》等电视剧达到了惊人的收视率，全国百分之六七十的人都曾看过。然而在故事爆炸的现在，互联网唯一削弱的就是权威性，也就是说，人们对故事越来越多地怀疑。

关于这一点，能带给我们什么思考？

好的方面是，它带来了机遇，互联网极大地促进了故事的发展，将创作权下放，人人都可以参与创作、发表意见、彼此互动，所以这是我们每个人的机会。

坏的方面是，观众看的故事太多了，不那么相信了，因此创作者更需要从故事的角度去服务观众，不要像以往的权威者那样，因为掌握了绝对的权威、垄断了绝对的渠道，所以在讲故事时只顾自己的表达和艺术追求，毫不顾忌观众的需求和体验。

在这个时代，服务观众是我们要放在第一位的，要好好利用这个时代，迎接这个红利，赶上风口，创造出好作品。

生活中的故事

在玄之又玄的故事大概念之后，我们开始理解微观的概念，研究生活中的故事。

了解了故事运转的原理之后，我们会发现一个问题，既然故事是流动的、交互的、成长的、让人成瘾的、拥有权威的，是人不可或缺的沟通的补充，那么我们是不是要成为讲故事的人呢？至少，要成为故事上游的人，因为故事的流动方向和资源的流动方向是相反的，向下传播故事的人在搜集资源，他们把理念传达出去，因此搜获了资源：你被短视频吸引了，那短视频的平台赚钱了；你打游戏充值，那游戏公司赚钱了；你在电商购物，那电商平台赚钱了……因此，我们不能只是听故事的人。

这个世界都是故事，在那么多故事中，有的人是听故事的人，有的人是讲故事的人，还有的人是故事本身。但大部分都是听故事的人，只有少数人能成为讲故事的人。从这个角度来说，我们要理解原理，但不要害怕它、拒绝它，而是要去拥抱它，成为上游里讲故事的人，在信息传播和资源回笼上占据优势。

■ "茶与豆腐乳"

我曾经讲过一个故事：茶与豆腐乳。

许多中国中年男人爱喝茶，甚至发展出"茶道"。何谓道？道即故事，茶道即茶的故事，茶叶有哪些品种，茶叶要什么时候去采摘，不同的茶要用什么水去泡，泡好的茶要用什么器具盛放……

为何喝一杯茶有如此多的工序甚至不惜花更多的钱？那是因为，茶是古代士大夫阶层发明的，他们是这个国家的贵族、统治阶级，身处讲故事领域的上游，当他们发明茶以后，茶的故事便向下游传播。老百姓看到知识分子、精英阶层都在喝茶，争相模仿，那时候，喝茶无非就是采摘茶叶、晾干然后泡水而已。然而，士大夫阶层为了向下剥削，开始丰富茶的故事。他们会说：某种茶必须采自哪座山，几月去采摘最为适宜，于是下游的人争相模仿；采摘完后，他们会说：某种茶必须用哪种泉水泡才会好喝，而这种泉水又只有他们所有，于是一些人只能去买他们的水；接着他们又说：白茶要配白瓷、红茶要配紫砂，于是一群人又只能去购买他们的器具；他们还会说：某种茶只能是少女在清晨时分采摘，否则就会失去了原本的味道，于是又垄断了采茶流程……关于茶的故事，就在众人的集体创作之中不断成长、不断交互、不断让人成瘾，最终就有了现在关于茶的故事。它由士大夫阶层发明，被很好地包装利用起来，形成巨大的产业链。

我爱喝茶，我相信这个故事，在其中我是一个听故事的人，成为被剥削者，购买昂贵的茶叶、茶具，为这个故事消费。

与茶的故事相反，尽管豆腐乳历史也非常悠久，但它并没有形成故事。豆腐乳是谁发明的呢？大概是某个卖豆腐的穷人，没卖完的豆腐放在家里，第二天发现它长毛了，臭得没法卖，但因为贫苦，他没舍得扔掉，忍不住尝了一口，发现别有一番风味，这件事很快就传播开来，周围的人也跟风开始吃，逐渐从底层人民流传到了高层，最终就有了一个大家都知道的故事：慈禧老佛爷每顿饭都要吃豆腐乳。尽管这个故事是底层人发明的，并传播到了最高层，但他们不会用故事去剥削他人，因此，穷人吃的豆腐乳和慈禧吃的豆腐乳并没有什么区别，不产生任何故事。

设想一下，如果豆腐乳一开始就是知识分子或士大夫阶层发明的，或者说是讲故事的人发明的，那么历经千百年，豆腐乳会是一个怎样的故事？一群人围在一张桌子旁，一个穿着旗袍的女孩拿出一瓶红腐乳，拿出一瓶白腐乳，娓娓道来：这两块腐乳产自十年前的某种豆子，使用的是一种非常高级的菌落发酵，它出自慈禧太后吃过的一块腐乳上，传承百年，繁殖到了现在。有请各位贵宾拿出紫砂碟和白玉碟，我用小刀给大家切一小块，细细品尝。记住，红腐乳放到紫砂碟上，白腐乳放到白玉碟上。在大家品尝之前，请用清水漱口。这时，如果一个没有眼力见的人拿出一块馒头，蘸了一点儿腐乳，那么他立即会被女孩鄙视：你懂不懂"腐道"？你这是在侮辱我们的传统文化！

看，这就是有故事和没有故事的区别。总体而言，我们是茶道的输出国家，把茶传播到了全世界，吃到了茶的红利。在这个故事中，我们要意识到理解了故事的原理，不代表要拒绝它，而是要积极拥抱它、利用它。事实上，在营销中很多都是采用讲故事的方式，比如某一款纯净水主打是天然弱碱性水，宣传的是人体衰老之后身体会偏酸性，喝碱性的水会更好。然而在这世上还有很多酸类的食物，比如肉、水果，难道老人就不吃了吗？所以，这些都是故事，我们了解它的原理，只为破除它的权威感和神秘感。

■ 生活中需要故事

可以说，生活中每种场景都需要使用故事原理。

自媒体需要故事

如果你是自媒体博主，偶尔需要拍摄短视频或写种草文，作为创作者一定要会讲故事。简单而言，即共鸣和期待。围绕创作的内容，先给共鸣，再给期待，或者说先给已知的，再抛出未知的。对短视频而言，尤为如此，先有共鸣，才能让用户停留；再给未知，才能让用户保持期待。文章也是如此，先写"我和你遇到的一样的烦恼"，再写"我遇到了某款产品，刚开始我不相信，但我做了一次尝试，终于打消了疑虑，最终我离不开这款产品"，这就是种草文，讲述一段你和某款产品相爱的故事，在创作时，一定要写成动作片，而不是产品说明书，它是动态而非静态的。

爱情需要故事

在日常生活中，我们很难与另一个人发生故事，故事需要两个人共同参与，比如相互帮助、共同谋划。因此在日常的爱情生活中，情侣之间一定要做好相互帮助的环节，不能只是单方面的一方帮助另一方，这样就不会有任何期待。但如果有一方是追求者，被追求者不愿意做任何事呢？那就从小事开始，比如借点东西，或者让另一方照顾一下宠物，这种小事也能让对方付出，这样才会产生期待。之后，两人迅速地做一些共鸣的事，比如一起完成某件无伤大雅的小坏事、出格的事，一起去冒险，等等。

销售需要故事

贩卖一件商品给用户，在销售理论中，叫"制造需求"。从故事的角度来说，不是制造需求，而是"制造缺失"。所有的故事都包含缺失，销售更需要这样的缺失，比如横向的缺失：别人都在使用而你没有，比如后果的缺失：如果没有它你会怎样。当然，有人会说这有贩卖焦虑的嫌疑，但销售就是这样，严格来说，所有的销售都贩卖焦虑，所有的故事都有焦虑和恐惧的成分。

应聘需要故事

推而广之，当你去应聘岗位去推销自己时，请一定使用故事。先提出你的优势和差异化——把期待放在前面，然后再谈论你达到优势和差异化的过程——再引发共鸣。为了打消一下自吹自擂的嫌疑，再提出一点困惑，有什么问题需要解决。这种三段式的论述，可以用在一切自我介绍之中，给对方留下好印象。

成为创作者的准备

当我们准备创作时,需要做哪些准备工作呢?

■ 外在的准备工作

一个好的键盘

尽管现在很多人可以在手机上熟练地打字,但创作需要长期坚持,因此舒适的打字工具必不可少,一台电脑、一个好的键盘能让创作工作更加有仪式感。

一个可以记录素材的笔记本

不只是编剧,任何从事创作的人,哪怕是拍一个短视频,也需要记录素材,这是每一个创作者必须的习惯,否则在创作时会素材枯竭。以往很多人选择在手机备忘录记录素材,但我会建议回去之后再在笔记本上重新整理,这也是创作者重新思考的过程。

需要记录哪些生活素材呢?这个没有规定的格式、规定的分类,任何能带给你触动和联想、带给你感动和震惊,或是任何让你觉得有价值的内容,都可以写下来。

素材的来源包括哪些呢？

首先来源于你自身，包括你的遐想、白日梦，这些都是宝贵的创作素材。你幻想一夜暴富，《西虹市首富》就是这样的故事；你幻想选择初恋选择另一条路，那就成了《夏洛特烦恼》——这些电影，都来源于奇奇怪怪的想法。

其次是生活观察，比如今天遇到了什么事特别有趣，听到一个人说了有意思的话，甚至还能主动去采访一些有过特殊经历的人。再如，你某天看到了一部穿越戏，但你有一个更好的关于穿越的想法，跟这部戏大不一样，也可以记录下来。带给你想法的作品不一定是影视剧集，还可以是小说、漫画。

再次是新闻，一些离奇的新闻也能成为创作的原始素材，哪怕没有戏剧化的新闻也可以，在创作中，你不必忠诚于原素材，可以改编成任何有意思的故事。

最后，历史也是一个巨大的宝库，因为新闻只是当下的，而在历史的长河之中，什么事情都曾发生过，太阳底下无新事。但不管你喜欢看什么，别忘了，只要打动了你，你就记录下来，它总会成为你创作的宝库。

■ 内在的思想准备

有了称手的键盘，还有了丰富的素材库，接下来我们就可以进入创作了，但以上都是外部准备，更重要的是我们内心的准备，在思想层面上需要一些统一的认知。

一切事情都是有方法的

我是一个相信方法论的人，简单地说，我认为这世上一切事情都是有方法的，并且一定会存在更好的方法去解决原本无法解决的问题。

方法论是与持续学习相关的，遗憾的是大部分人在离开了学校进入社会以后，就永远关上了学习的大门，这就是他们做不成任何事情的原因。

我相信方法论，并且愿意学习新的知识。举个极端的例子，很多人说赚钱都是命，都依赖于环境，存在这种认知的人，意味着他已经放弃探索赚钱了。实际上，赚钱也是有方法论的，它有四种方法，分别是：劳动、IP、管理和垄断。劳动很容易理解，付出你的体力和智力换取报酬；IP就是你的知识产权，包括你写的书、剧本、拍的电影、唱的歌曲，或是在自媒体做一个网红；管理是创办企业，通过管理一部分人提高生产效率；垄断是这个行业里只有你能玩，别人碰不了，因为你掌控了某一部分资源。

依靠劳动赚钱是存在天花板的，比如送快递，一天送五十单可以赚一些钱，倘若加班后一天送一百单，收入会翻一番，但这就是天花板了，你不可能还要牺牲睡觉的时间去送快递。每个人的人生都会存在这个阶段，但我们要尽快去摆脱这个阶段，尽管它很难通过努力去完成。有些人会选择创业开公司，但你需要考虑清楚的是它真的依赖大环境，一旦大环境开始变差，这门生意就会被侵蚀、压缩。至于垄断，普通人就更不要想了。

综上，我觉得普通人一定要去做IP，这是翻身的最好路径。很多网红都是草根出身，许多不明就里的群众还不理解，觉得那些网红什么都没有，没有根基、没有学历，凭什么能赚那么多钱？这就是认知存在问题——凭什么这些做 IP 的人要符合这些要求？凭什么只有清北毕业的人才能赚钱？所以我们要打破这个认知，知道赚钱是有方法的，你会突然间豁然开朗，知道自己应该做什么。

我是一个穷人家的孩子，出身县城，父母都是农民，我就是走的这样一条路，拥有自己的知识产权，拥有自己的代表作，最后成为自己的 IP。

编剧和拍戏都是一样的，好像有些人觉得这些离普通人特别遥远，但再难，难得过赚钱吗？这个世界上最难的事是赚钱，写剧本倒没有那么难。因此，如果你依然认为"艺术家应该凭借感觉，艺术不是人为的而是浑然天成的"，那么就请你放下这本书。因为我坚信，写剧本一定是有方法的。

培养目标导向的思维方式

不管做什么事情，都要先定目标，在剧本中也是。当你下定决心开始创作，就要扪心自问：写这场戏的目标是什么？整个故事的目标是什么？你要给观众带来什么？这些都必须先于创作。

在日常生活中也是如此，不管做什么事情，都先问问自己的目标是什么。比如，当我问一些新人做编剧的目标是什么，有人说想赚钱，有人说想找份好工作，有人说想出人头地，这时我会告诉他们，当你确定好了目标，就请用你的行动去服务你的目标，写出让自己满意的剧本。

拆解复杂工程，逐步优化

我们一定要清醒地认识到，剧本是一个复杂的工程。高中生写应试作文通常是八百字，而一个短剧的剧本至少也有两万字，长至电视剧则需要几十万字，剧本如此，更不要提拍影视剧了。

我最开始做编剧，后来要操盘整部戏，跟上百人的团队工作一年半，这是一个多么庞大复杂的工程啊，但我非常享受，拥有方法论和目标导向的人在做复杂工程时才会有优势，反而那种体力活、耐力活我并不擅长。

复杂的工程需要拆解任务，比如剧本中有众多元素，时间、空间、规则，可归之为环境；人物的身份有缺陷，缺陷激励目标，然后行动，但人物四周存在阻力对抗，于是就有转折、代价，最后有了结果，主题有了正负价值，人物有了弧光。既然元素就这么多，我们把它们拆解掉就好。

剧组也是如此，人虽然很多，但工种只有十几个，每个工种也只有几个人，拆解之后，再用二八定律。所谓二八定律，就是当你随意地完成一个复杂工程，那么它大概率会是个烂片，但如果你能拆解开来，每一个步骤都优化一点，就能淘汰掉百分之八十的人。

我刚开始拍戏的时候，四分之一的电视剧集都是赚钱的，二十年前影视圈一点儿都不卷，一旦电视剧火了，主角演员们基本都红了。现在听起来，四分之一似乎并不是一个很高的比例，但如果有一个四分之一的概率就能中奖的彩票你买不买呢？当然买，买四次就好了。所以，四分之一并不低，只是要如何战胜其他四分之三的人呢？只要在每一个环节优化一下就行，因为其他人的想法都一样，"差不多就行了"，可这些人想过没有，如果一项复杂的工程中一百个零件都"差不多就行了",那么这台机器就垮了,但这一百个零件中优化了其中一个,每一步你都能甩开百分之八十的人。

所以,不管是拍戏还是写剧本,学会拆解复杂任务,再进行优化,这是重要的学习理念。

另外,我还坚信一种思维习惯:"一般锚定。"即如果一件事你不是特别熟悉,但你不假思索凭感觉完成它,那么大概率结果是非常一般。这个思维习惯的好处就在于:你能冷静客观地看待自己,你的水平跟其他人没什么区别。哪怕拥有写作天赋的人倘若没有经过训练,写出来的文章也跟普通人差不多。

我见过一些大英雄、大艺术家、大人物、大明星,如果近距离观察他们,就会发现每个人的天赋都差不多。网上有一句流行语:"这个世界就是一个巨大的草台班子。"没错,不要觉得他们有多厉害,其实也就那么回事。但区别就在于方法、经验、意志力和认知等方面,他们高于常人,并且愿意接受复杂工程,愿意一一拆解,愿意逐步优化,所以,用"一般锚定"定位自己,既不要妄自菲薄,也不要狂妄自大。

延迟满足

延迟满足是反人性的,但在影视行业中屡见不鲜。制作一部剧通常都是一年多的周期,哪怕是短剧也需要四五十天,如果你从事这个行业,每天熬夜加班加点,但至少要在两个月后才能给你反馈,尤其是正向的振奋、满足和荣誉感,那怎么办?只能练习延迟满足,因为这份工作不是摘草莓,一伸手就会拥有,这是面对任何复杂工程都必须学会的。如果你现在还在每天花几个小时沉迷游戏,那就说明你不愿意面对延迟满足,游戏给你短促而没有意义的快乐,且能及时满足,这是人的本我所需要的。但如果你学习编剧,在几个月后得到满足,那么它也许能解决你拖延症的问题。总之,学会创作,你就能突破天性,应对复杂的工作,愿意获得延迟满足。

有了这些准备和认知,你就能开始创作了。我会先给你讲理论,给方法,再给模型,然后是实操过程中的具体做法,最终进行商业化。我希望你的作品最终会走向市场,力求真正落地。

解放天性

■ 创作者需要解放天性

很多艺术学院的第一节课叫"解放天性",尤其是表演学院,有人可能略有耳闻,并且对解放天性有所误解,以为是教学生们彻底放飞自我,甚至还要求学生们进行大尺度的肢体接触。

我要强调的是,这些方法并不准确,或者说很片面,没有理解何谓真正的解放天性,只是看到了一些皮毛之后教条化地这样认为。

创作者的确是需要解放天性的,即便不创作了,解放天性之后人生也会到达另一个高度。

何谓天性?西方哲学中称为"本我",东方哲学中称为"元神",生物学中叫作"爬虫脑"——这是人类大脑之中最里层,脊柱的顶端,是最古老的一层大脑,已经进化了一亿多年,所有的哺乳动物都存在这种大脑,它掌管着我们最基本的功能,比如呼吸、心跳,支撑着生命,以及主宰害怕、焦虑、紧张、逃避等种种情绪。例如,得知明天有一场重要的考试,你的思维和理性告诉你,这场考试影响不了什么,千万不要害怕,可是你依然忍不住地紧张,睡不着觉,这就是因为你身体的爬虫脑主管着生命中最基本的一些反应，它既有好处也有坏处，它能帮助我们判断情况，遇到危险时到底应该战斗还是逃跑。当人类还在演化的早期时，对于诸多灾害和天敌的担心与害怕早已深入骨髓，写进了如今的爬虫脑中。用现在的话说，当灾害和天敌还没来你就想战斗，这叫狂躁；灾害和天敌还没来你就想逃跑，这叫抑郁；又想战斗、又想逃跑，进退两难，这叫躁郁。事实上，每个人都会躁郁，只是程度和取舍不同，这就叫天性。不过，我们是创作者，并不研究生命学，对于天性的理解到这一层即可。

现在你知道了，解放天性的人不会紧张。倘若让普通人当众表演一点什么，普通人一定会不由自主地担心胆怯，因为普通人并没有解放天性。

艺术学院之所以要求学生们解放天性、突破自我，用恶俗一点的话来说，就是要求学生表演的时候"不要脸"。郭德纲有句话说："要脸就是不要脸，不要脸就是要脸，因为不要脸才能挣来更多的脸。"当然这么说会有点极端。只不过，训练"不要脸"的方式太多了，有些未必会有很好的效果。

成功学往往提倡"战胜天性"，这与艺术的提法截然不同。成功学认为，紧张是本我在作祟，一个人要不断强大自己的外脑，训练逻辑思维、丰富知识领域、提高思考层级，找到解决方法，方能战胜本我。

只是这里也存在误区，再聪明、思考再多，也不可能永远不紧张，毕竟爬虫脑的发育历经了一亿年，而讲故事的能力也才有十万年的历史，如何能战胜这样强大的生命本能呢？

在艺术中，我们称为"解放天性"，要求你把本我带出来，解放它，这种说法更加友善与合理。由于人类成为智人有十万年历史，一直在开发外脑中的智商思维、虚构能力，导致天性被隐蔽，因而才会更加紧张。

不知道你们注意到没有，在很小的时候，人是不会紧张的，上台表演节目也那么毫不扭捏，纯真自然；或者人到了一定高度之后，比如在某些领域取得非凡成就，上台讲话也不紧张，可以收放自如、谈笑风生。也就是说，人生的两头是不紧张的，要么是孩童阶段，要么是彻底解放了天性之后。

如果你要开始创作了，我希望你尽快解放天性，而不要等到四五十岁知天命的年纪。当然，也有人一辈子都不会解放天性。

■ **解放天性的原理**

解放天性的原理是什么样的呢？幻想你的天性像是一个躲在黑暗里的虫宝宝，在上亿年间，它掌管着你的基本功能。你打压它，为此不惜动用一切聪明的方式，但是它太强大了。那么，你不妨和它做朋友，让它从黑暗之中走出来，看看这个全新的世界，重新学习，这就是解放天性的原理。

懂得原理，才能不拒绝它，真正解放它，和天性做朋友。你看，我们对小我的称呼都是多少带着点歧视的：爬虫脑。但它存在上亿年，多么古老。

■ 解放天性的好处

解放天性会带来很多好处，可以治愈很多伤痛、焦虑和抑郁。在生活中，人也会更加洒脱，当众演讲，和陌生人交朋友，不会患得患失，拥有良好心态。并且，解放天性的人血清素的水平也更高，因为爬虫脑掌管血清素和多巴胺，这两种水平增高以后，个人的魅力、感召力及自己的快乐都会变高。更重要的是，解放天性能帮助创作，打开创作思维，更好地感受生活、投入生活。

■ 解放天性的方法

极限情绪法

可以回想一下，自己有多久没有痛快地大哭或者痛快地大笑了？在我们变成大人之后，似乎很少有这样剧烈的情绪波动，然而在小时候却那么习以为常，这正是因为长大之后有了思维逻辑，减少了极限情绪的表达，压抑了天性。

如何去释放极限的情绪？比如，看几部非常感动、催泪的电影，有些电影我每次重温都会极致地大哭。后来我发现，如果早上可以大哭一场，那么一整天的内分泌都会非常协调，因为这样的情绪能积极调动爬虫脑，暂时封锁外脑，这样一来，哪怕是早上大哭一场，接下来的心情都会很好。如果你很不好意思，不妨去找一个没人的地方，但到了最后，即便当众你也能大哭。

关闭大脑法

大脑的运作原理很简单，即输入和输出，事实上电脑就是仿照人脑设计的，并且可以人为地控制大脑的输入和输出，适当地关闭它，比如每天闭眼生活一小时，或是拿出一段时间不接收任何信息，不看手机、电脑，创造极致安静的空间。为什么修行的人都要去深山人迹罕至处？就是要减少外脑对烦琐事务的处理，才能唤醒元神。但在日常生活中，我们无法隐居，所以就只能关闭眼睛、关闭手机、关闭电脑，甚至关闭一切欲望，让外脑沉寂下来。外脑一旦沉寂，爬虫脑就会从黑暗之中冒出头来，带它遛一遛，尽管它刚开始并不信任你。

本我曝光法

把爬虫脑拿出来晾晒一下，曝光一下，创造出它发挥作用的场景，比如尴尬疗法。有时候和一个不太熟的人在一起，没人说话，但长时间没有人打破沉默，是不是会有些尴尬？这时，你可以不作声，甚至盯着他，看谁更尴尬。把这个小范围再扩大些，比如在电梯里，大家都朝着某一个面，但你偏偏对着他们，是不是也很尴尬？可是，尴尬这种情绪就是爬虫脑造成的。你在一个下雨天走在马路上，忽然脚一滑摔了一跤，觉得非常丢脸。可是从理性的角度来说，谁没有摔过跤呢？何况大家都是陌生人，再过一天，谁又会记得你摔过跤？因此，除了疼痛，摔跤什么都不会带来，可是为什么还是忍不住觉得丢人？因为这不是你的大脑说了算。因此，你不妨就这样激发它，在日常生活中制造一点小尴尬，训练一些逆向的行为，一些当众孤独的行为，也即所谓的"晾晒爬虫脑"。到最后，即便在大街上当众摔跤,你也能若无其事地站起来。

总之,不用担心爬虫脑掌控情绪,大部分人都在人生路上的一头一尾解放过它,小时候懵懂无知,老了之后看破天性,只是太早或太晚都没有什么用,在年富力强的时候解放天性,你才能做成更多的事,创作出更好的艺术,成为一个有更高思维、更洒脱的人。

了解影视行业

在学习短剧剧本写作之前,我们必须在宏观上了解影视行业,在宏观上藐视它,才能破除神秘感,写出好作品。

■ 中国影视行业现状

影视行业的定义不用过度深究,仅仅从我们直观的感受来说,中国的影视行业水平比较一般,且逐年下降。

作为影视行业的从业人员,我已经在这个行业里深耕了十七个年头,从 2007 年入行到现在,摸爬滚打,做过许多岗位:编剧、导演、副导演、制片、出品人、监制,还开过经纪公司……可以负责任地告诉大家,我们影视行业的水平还需要努力提升,尽管我们的影视市场很大,但水平跟市场是两回事。

为什么我们的影视行业水平这么落后呢?总的来说,可以归结于管理模式和生产过程的拧巴。

管理模式的拧巴体现在哪里?打个比方,中国的影视行业,就像是一个中学的封闭式食堂。当这个食堂被承包给某个人时,且学校规定任何学生不得外出就餐,那么这个食堂做的饭菜大概率是不好吃的。为什么呢？因为对于承包人的考量，并不是他的厨艺，而是要么是他能出得起更多的承包费，要么是他的关系足够硬。无论是哪一种，他们都不是以做好饭菜为目的去经营食堂。

需要注意的是，我说的是管理方式的拧巴，而不是落后。不可否认的是，在影视行业集中管理的时期，中国曾经也出过很好的电影，甚至还拿过国外的大奖。这就像是这个高中食堂并没有承包给某个人，在集中管理之下，食堂的厨师是学校的员工，并对其进行考核与管理，如此也有概率能做出美味的饭菜。而如今，这个高中食堂，既没有市场化，也没有集中管理，才会导致中国的影视行业水平越来越差。

既然这个行业存在拧巴的地方，那么我们为什么还要进入这个行业呢？如果我们学会了写故事，那么在应聘这个"高中食堂"的时候，我希望大家面对这样的烹饪环境，面对现有的食材，抱着对孩子们负责任的态度，用心地做好每一道菜。这至少是我们可以做到的。

■ 影视剧生产流程和周期

一个常规的影视剧生产过程是这样的：首先，制作剧本，生产故事。接着，该剧本会被送去管理部门进行备案，看看这个项目到底可不可以做。一旦立项，制片人就会开始攒局——当然，这个步骤也可以提前进行，就这样，制片组成立了，开始物色导演及重要的角色。与此同时，剧本也在不断地打磨，倘若是重点项目，管理部门还会对剧本进行再一次审核。审核通过后，剧组开始进行全面的集结、资金统筹，等到剧本再经过几轮修改后，就开始正式建组，举行开机仪式了。

一般来说，在开机仪式之前，介入的包括编剧、导演、制片人和主要创作者，包括主角、摄影指导、美术指导、服装指导等。开机仪式之后，进入拍摄期，也就是一部戏的制作中期，通常来说，一部戏的拍摄时期并不长，比如一部偶像剧拍摄时期通常为三四个月，情景剧需要两个月，短剧更短，只需要一周就够了。拍摄期结束后，就进入了后期，由导演进行剪辑、配音、配乐、调色等，一部戏的制作周期就结束了。

每部戏的制作周期都不同，主要看编剧、导演的个人喜好，但对于成熟的商业片而言，不管是电影还是电视剧，一部戏的制作周期会控制在一年左右，而短剧则会控制在一个多月。

■ 影视剧从业人员和职责

一部戏涉及的岗位众多，在生产过程中的不同时期承担着不同职责。一般来说，在前期，编剧、导演和制片人是比较重要的，可以说是这部戏把握方向的三拨人。进入拍摄中期，剧组的人就多了，导演组、演员组、摄影组、灯光组、录音组、制片组、服化道组，倘若这部戏有特效，还需特效组，倘若有武打戏，还需要武术指导，有爆炸场面，还需爆破师，情况不同，所需的专业人员也不同。到了后期，需要剪辑师、配音师、配乐师等。大的剧组，可能需要成百上千人，小的剧组也有几十人。

■ 剧本的创作

作为自由职业的编剧，和甲方沟通占据三分之一的工作量，剩余的时间则是关门创作，只需一台电脑即可完成写作。

剧本是一部剧的源代码，是故事的第一稿，交给导演之后，会进行再度创作，导演交给演员后，演员会再进行三度创作，做一些细微的调整，甚至一些武打、追车、特效等场面，都需交给专业人员来修改创作。等拍摄素材完成交给剪辑师之后，剪辑师会进行四度创作。

■ 竖屏短剧现状

竖屏短剧的新生态行业从 2023 年开始爆发式增长，从数据来看，小程序充值数据几乎和电影票房持平，加之国家号召文旅拥抱短剧，号召短剧规范化，这让短剧越来越受重视。

竖屏短剧可以分为如下几种。

小程序充值与客户端充值

小程序充值是指在流量平台投放线索，再跳转到小程序上充值，当然也有直接在流量平台付费的方式。这两种付费方式是平台决定而非用户，背后则是平台税和尺度的考量因素。

免费和付费

免费的可以分为会员制和广告制，例如，某程序有很多短剧，观看短剧无须付费，但只有会员才能观看。此外，还可允许用户每看一集须先看广告。相较而言，大部分人是愿意花时间而不愿意花钱的，所以这一部分用户体量非常庞大，不可忽视。

纯广告剧

即广告植入的短剧，是由品牌方定制剧本和拍摄的，这种短剧的触达率很高，触达成本却很低。

这些短剧的兴起，解决了之前管理方式拧巴的问题，彻底市场化，没有统一的平台，直接触达用户。短剧未来还会进一步发展，也与创作权的进一步下放有关系，创作门槛变得更低，尤其是有了AI辅助之后，这会激发无数创作者更大的创作潜力，而不是由统一的大平台来分配利润，如此，未来短剧的发展不可限量。

影视行业进入个性化的时代

编剧是否一定是科班出身呢？

未必。根据我的观察，影视行业有一半从业人员并非科班出身。这是因为，学校教育依然在讲百年前的戏剧理论，对于实操尤其是短剧短视频而言，完全没有涉猎，因为学校教育本来就不是培养实用技能的，而是把人进行分类分层，而当前时代，已经进入了个性化的时代，或者说，每个人都产品化、IP化，每个人都是自己的产品，而不再是工业化时代的螺丝钉，需要的技能也不一样。这也是学校的教育覆盖不到职业技能甚至赚钱技能的原因，对于大部分人而言，文凭只是进入一个岗位的敲门砖。

这是一个现实问题，在实际生活之中，我们每个人都要重新学习、持续学习，当然，我们作为创作者，其魅力就在于此，大部分基础即生活的观察与感受，这些都是创作的基础。

写 好 短 剧

charpter 02

认识剧本

剧本的格式与规范

■ 剧本只是一个工作手册

我们可以花三个月的时间学习写作剧本，三个月并不是特别漫长，却也足够。有一个理论叫作"一万小时法则"，即当你花一万个小时专注学习某个技能时，就能非常精通。三个月当然没有一万个小时，但创作剧本的好处在于它大部分的时间是在体验生活、品味生活，这些经验是创作剧本的基础和支撑。

创作的第一件事，是认识剧本，熟悉剧本的格式规范。

以前教授剧本课程的时候，我往往会把这一课放得比较靠后，当时我以为要先教授大家理论，然后再跟大家讨论格式与操作规范。在后来的实践中，我意识到这样不行，一些有写作基础尤其是之前写过小说的学生非常着急，故事已经成竹在胸，让我只需要告诉他们剧本长什么样即可，接着他们自信满满，以为能一气呵成地完成一个剧本。

坦白说，我年轻的时候也经历过这样的阶段，毕竟我看过那么多影视剧、电影，对于它们的结构、人物和情节很是熟悉，脑子里充满灵感，肚子里全是墨水，只要给我一个格式，我就能操刀胜任。于是我研读了一些剧本，等到真正开始写作时，才发现根本不是那么一回事。我构思好的那些故事，无论如何都不能完美地呈现，提起笔后头脑一片空白，无从下手。正因为我经历过，所以我才明白稳扎稳打的道理。教授剧本的格式，并不是鼓励创作者现在就开始提笔创作剧本，哪怕有写作的基础。我只是为了方便创作者写作，为日后做基础准备。

严格来说，剧本是剧组的工作手册，并不面向观众和读者，这就是为什么很多人想找剧本却找不到。因此，剧本的首要目的就是帮助大家工作，只要故事精彩，只要清楚明了即可。既然是工作手册，就要有规范，因为剧组是一个临时工程队，剧组的人来自五湖四海，像过去演员、编剧、导演和摄像都来自一个国企单位的年代一去不返，因此这个规范是帮助大家协同工作的。

■ 剧本的格式规范

剧本的基本单位是场，场是指同一个场景内连续时间内发生的事情的总和，一般来说，换场就需要换拍摄地。每一场包含四部分：索引、环境、动作和对白。

索引

索引包括场号，指这是第几场戏，例如第五场戏通常会写成"005"，这是因为一个剧本大部分场号都是三位数。接着再写明这场戏发生在内景还是外景，发生的时间，一般用日夜晨昏概括。

环境

需要编剧描述拍摄场景，需要有画面感，读完就能想象得到，无法拍摄的任何虚写都不需要，更不需要华丽的辞藻、诗歌的引用。

动作

通常而言，动作和环境是一体的，先写明环境，再写明某人的动作。

对白

对白即人物的对话。此外，还有一种动作叫"小动作"，或者"表情动作"，通常伴随在对白中，区别于前面大段描写的动作。

人物和道具

有些成品剧本除了索引、环境、动作和对白外，还有人物和道具部分，但一般不是由编剧完成，而是由统筹或导演写的，是为了帮助在场的工作人员组织演员、布置现场。此外，剧本中还有背景音乐、走位、镜头等，这些都不属于编剧的创作范围，而是剧组中的二度创作，并且我也不鼓励初次创作剧本时写这些。尽管一些成熟的编剧太想要展现脑海中的画面了，但这些画面如何呈现的决定权最终还是在导演的手上。

页码

页码是一定要有的，因为过去在汉语的剧组拍戏都是以页数为单位的，比如"今天拍了几页纸""明天计划拍摄几页纸""整个剧本有多少页"等。好莱坞拍摄是以分钟为单位的，他们会说"今天拍了几分钟"，因为他们的一页就是一分钟的戏，这是好莱坞的剧本通常的体量。我们也有剧组会仿照好莱坞的剧本，但汉字的音节效率通常略大于英文，同样一页纸，汉语剧本可以拍摄 1.5 分钟，于是就不采用了。因此，中文的剧本拍摄以页为单位，英文的剧本拍摄以分钟为单位。

蒙太奇

有的剧本中还有一段蒙太奇。蒙太奇本义就是剪辑，所有的电影、电视剧和短剧呈现出来都是剪辑之后的，它是电影镜头中的快速切换场景，表示时间流逝，类似于文章中的排比句。举个例子，某励志电影要展现人物在发愤图强之后的训练，于是快速拍摄了他迎着朝阳跑步、球馆打球、在健身房卷腹等一系列镜头。类似这组蒙太奇镜头，编剧是可以写的，但如何剪辑、背景音乐等，编剧是不用管的，留给导演决定就好。

同场跳切

即在一场戏中随着人物的动作进行场景的转换。这种情况下，编剧依然只需写在一场戏中，编剧只需要写明不同场景的环境、时间。经验丰富的导演会根据拍摄现场应对。这些表现手法在所有的戏剧中都会用到。

字号

传统的剧本的字号也有规范，一般为小四号。再大一点，一页容纳的信息就太少，再小一点，中老年演员就看不清，这些传统到现在已经比较少提及了，但仍旧需要当今的创作者了解。当你发现自己的剧本格式和别人不同，也不用惊慌，剧本没有对错之分，只要一切方便拍摄工作即可。

其他早期符号与格式

早期的剧本中还有一些符号，比如在动作描写前有一个小三角，或者环境旁加一个"※"号，这是便于大家在阅读剧本时一目了然，知道有多少比例的动作和环境，至于对白，因为存在冒号的提醒，比较直观。现在的剧本已经很少见这些符号了，因为有更多的写作工具可以自动统计这些。

此外，还有的剧本中，环境和动作是顶格写的，对白是居中写的，严格来说，那不叫居中，而是前面空了12个字符，这种格式也是为了方便工作人员清楚环境动作和对白的比例，这样对拍摄的时长就有大概的把握。这种格式的源头出自好莱坞剧本，早些年，好莱坞的编剧们来国内授课，也带来了他们使用的剧本创作软件，而那种创作软件可将剧本自动生成这种格式。这种格式是为英文创作而发明的，它的确能将一页纸精确到一分钟，但中文创作的编剧们就没有必要使用这样的格式了，尤其是一些电视剧剧本中有大量的台词，一旦将台词只排在如此狭窄的空间之中，最终会导致剧本非常厚。

■ 剧本的格式范例

下面是一场戏的剧本格式范例。

场 025 教室 晨 内

这是一间能容纳 300 人的大学教室，但只坐了二三十个学生，爱学习的坐在第一排，想摸鱼的扎堆坐在最后，早上的第一堂课，不管前排还是后排，学生们脸上都带着倦意，桌上摆着早饭。

张老师急匆匆地进来，直奔讲台头也不抬，直接开始讲课。

张老师：今天我们讲引力场。

刺耳的电话铃声响起：美式嘻哈音乐夹杂着脏话。

同学们纷纷转头寻找声音的源头，坐在最后一排手机的主人手忙脚乱地挂掉电话。

张老师：（自始至终保持平静没有抬头）把书翻到九十五页。

■ 剧本的体量

通常剧本中 300~350 字为一分钟，因为人的语速一般是一秒钟 6 个字，此外还要考虑到环境、动作的画面占据的时长。当然有些创作者有不同的习惯，或多或少都有可能，等到写得熟练了，就有了自己的节奏。

一般电影为 120 分钟，如果按 300 字一分钟计算，那么一个剧本有 36000 字；如果按 350 字一分钟计算，那么剧本有 42000 字。但这只是创作者的一度创作，对电影来说，导演的二度创作、三度创作都是做减法，所以剧本需要适度的余料，也就是导演拍摄了但最终剪掉的画面，尤其是像姜文、王家卫等导演，其电影剧本超过十万字，最后有三分之二的戏都被剪掉。一个标准的电影剧本，字数通常在 40000～60000 字。

通常电视剧是 45 分钟一集，掐掉片头曲、片尾字幕约 42 分钟，通常一集的剧本为 15000 字左右，但有的编剧写得干净利落，12000 字也足够。不过，过去的电视剧会要求编剧写 25000 字，这是因为所有人的片酬是按集数结算，用剧本申报的集数和最终剪成的集数相差极大。不过，现在这种情况比较少见了，不可能申报时集数写 20 集但拍摄完剪成 50 集。

如今的短剧情况不一，既有 2 分钟一集的也有 5 分钟一集的，集数也大不相同。如果一个短剧每集 2 分钟，拍摄 100 集，那就是 200 分钟，剧本就有 60000 字。当然，短剧有很多重复镜头，字数会更少。按照这样的计数方法，当你开始创作时，就对自己剧本的体量有一个大概的把握。

场是以一个场景为基本单位，通常来说如果剧情较为宽松，平均每一场是 1.5～2 分钟，那么 45 分钟一集的电视剧通常要有 20 场戏。20 场戏是否就是 20 个场景呢？那也未必，因为场景是有重复的，这一点在短剧中尤为重要，因为短剧要控制成本，从实操的角度来说，创作者不仅要知道剧本怎么写，更要知道怎么拍可以控制成本。由于短剧成本较低，所以场景不多，但这并不代表它换场不频繁。换场越频繁，节奏越快，电影每场的时长低于 1 分钟，90 分钟的电影可能有 100 多场，120 分钟的电影就有 180 多场，但它的场景并不会那么多。至于短剧，一般不会超过 15 个场景，放在大制作的电影电视剧中是难以想象的，因为换场是最花钱的，场景的多少基本决定了这部戏的成本，因此关于场景的转换，是短剧编剧在创作过程中最需要考虑的问题之一。

创作者开始创作剧本前，一定需要了解其格式、规范和体量，不过这些都不是最重要的，只要能写清楚、写明白，能让剧组的工作人员使用就行，因为它只是一本工作手册。

剧本的不同类型

了解剧本的类型是创作的基础，而剧本的类型是根据最终的展现成果来分类的，比如电影、电视剧、网络电影、网剧、短片、短剧等。每一种类型都有其独特的要求、特点和规范。在日后的创作中，你需要了解自己的剧本最终会是什么类型，再按照它的标准开始写作。

值得注意的是，剧本类型和故事类型是两个不同的维度。剧本类型指的是你的创作最终以什么形式展现，而故事类型则指的是故事的内容和主题。例如，一个人物成长的故事可以被写成电影、电视剧或者短剧，这取决于你希望以什么方式来呈现这个故事。创作过程中要明确自己接的是哪种类型的活，是电影、网剧还是短剧，以便遵循相应的规范。

当然，这本书的重心是短剧，但故事的创作原理是相通的，读完这本书，了解故事创作的理论，我希望你不仅可以写短剧的剧本，其他类型的剧本乃至脱口秀、种草文都可以写。

■ 电影剧本

电影剧本的时长

电影，一般来说指院线电影，时长通常在 90 到 180 分钟之间。之所以都为 15 的倍数，是因为过去胶片一卷通常为 15 分钟。为了市场考虑，建议电影时长在 120 分钟。原因是电影院的排片希望高效利用时间，大多数电影在两小时以内更受欢迎。低于 90 分钟，电影不够真诚。过去的电影还分上下半场，方便观众休息，这是从西方戏剧延伸而来的，让观众们坐着马车来看戏剧却不到 90 分钟，显得不够真诚。当然，超过 180 分钟，观众就没耐心了，敢于拍摄超长电影的导演，一般都是名导演，或者是非常知名的 IP，否则电影院是很不喜欢排超长的电影的。

电影市场的运作

电影院相当于一家超市，导演拍摄完的电影相当于货品，超市老板将货品放在货架上以供消费者选择。当然，有些电影院重视营销，老板便会根据市场的情况不断变动货品的货架位置，甚至让某些好卖的货品占据更多货架。最终，电影片方会拿走 40% 左右的票房收入其余则归电影院所有。这些电影市场的运作跟编剧有关系吗？当然有，因为它决定了电影只面向观众，尽管在渠道上资本可以控制一些，但只要电影不好看，反馈较差，哪怕导演有通天的能力，影院也不会再排很多场次。

我上大学时有一份奇怪的兼职：去电影院看电影。因为那时有些电影场次是国企排的，但有时会出现零上座率，这样就会被强制下架。为了保住颜面,就只能招聘一些学生去看电影,防止出现这样的情况。这份兼职并不轻松,因为在同一天内需要把同一部电影看六七遍,当然,我后来发现了其中可以钻漏洞的地方:既然我已经检票进入放映厅了,那我何不去其他的放映厅看其他电影呢?不过,现在的电影行业进入商业化,已经没有过去那种状况了,在商业化时代,电影好不好看是最重要的。

电影的优势

一是提前消费,哪怕你觉得片子很烂、中途走掉,电影院也不会把买电影票的钱退还给你。通常来说,一个消费者花了一百元买了两张电影票,坐在漆黑的电影院里,再配上震撼的视听效果,电影想要打动一个人还是非常容易的。这就是为什么同一部电影有人在网络上看会觉得很糟糕,但在电影院里却觉得还行。提前消费就意味着,电影对营销是非常依赖的,因此片方会砸大量资金在营销上,这部分的费用甚至可能超过拍摄本身的费用。

二是分类明确,比如动作片、爱情片、悬疑片、恐怖片、惊悚片等,分不了类的就是剧情片。当然,电影的分类并不是我们创作的分类。从营销的角度而言,这样分类的好处是帮助观众分辨,在没有电影营销的过去,观众分辨一个电影类型的方式就是海报呈现的内容。

或许有人疑惑,电影分类为什么没有商业片和文艺片?可以负责任地告诉大家,但凡去问任何一个影视从业工作者,得到的答案都是:商业片和文艺片之间并没有任何界限。这样的分类并不科学,甚至会影响到编剧的创作,认为商业片就是俗烂、文艺片就是高雅，实际上商业片也可以故事平淡，文艺片也可以热热闹闹，电影永远只有好看和不好看之分。

■ 电视剧剧本

自从电视机被发明，就衍生出电视剧，其中也有早期胶片的影子，比如一般电视剧保持着 45 分钟一集。电视剧的特点在于免费，剧情轻松、松散，这是因为最初的电视剧形式是为了填充电视节目的时间，没有成熟的付费模式，只能吸引观众并通过插播广告赚钱。电视的本质是为了播放广告，但单纯的广告又不能留下观众，就只能插播在电视剧里，获取你的注意力，让你不知不觉间看完广告，这一时期的电视剧，通常都叫"爆米花剧"，它不会引发你强烈的情绪，否则会让你疲劳。

随着网络的发展和付费模式的普及，电视剧开始演变成剧情紧凑、情节引人入胜的形式，剧情的时长也变得有长有短。观众可以通过付费观看整季或者整集，这种形式的电视剧更注重强剧情和高强度的视听体验，因为它是收费的，不再依赖广告。

随着收费形式的普及，电视剧逐渐从早期泡沫化的大型叙事转向经典叙事。大型叙事没有什么特别紧张刺激的段落，但它通常是长时间、多剧情，拉长陪伴观众的时间。还有一种是单元剧，类似于小说的章回体，一集一个单元，常见的就是喜剧单元剧，例如《家有儿女》《武林外传》《爱情公寓》等。章回体剧集的好处就在于每一集故事比较完整，看得很过瘾，而且可以引入新线索、新变化、新人物。缺点就在于没有连贯性，看完这集，下一集随时再看都行，因此对观众的黏度比较差。

经典叙事则是电影的叙事方式：一个人物、一个视角、一件事情，线性地讲述整个故事。国产的剧集正在朝着这个方向演变，电视剧正变得更像电影，它不再适合陪伴，因为看这些剧集想上厕所的时候必须按下暂停，否则就跟不上，但大型叙事剧集、章回体剧集不一样，观众永远都能从中间开始看。因此，在赚钱上经典叙事是更胜一筹的。

■ 网络电影、网剧剧本

和电影院、电视台相比，互联网的空间是无限的，在无限的平台下，就有了网络大电影、网络剧集的市场，平台也给予这些内容非常多的补贴。

但是，这两种都可以被认为是过渡阶段。对网络大电影而言，观众在影院观影是在网上看电影无法比拟的，尤其是在平台的鼓励下，有时候把一部网络大电影最精彩的部分汇集在前 6 分钟，这是一种非常畸形的、不市场的行为。因此网络电影既没有影院的视听享受，也没有网剧的充分叙事，有点不伦不类。

对于网剧而言——现在几乎没有这个叫法了，任何剧集都会在网络播出，哪怕在电视台首播，网络平台也能同步播放。因此，这两种网络内容都会根据市场需求形成它最后的形式。

■ 短剧剧本

短剧有许多特点。

第一，它的付费模型非常丰富且健康，有直接支付观看的，也有本身免费但靠广告转移支付的，甚至还有直接广告定制的，因为它直接面向观众。

第二，它不模仿电影、电视剧，不受限于影院、电视机，它是新媒体的产物，所以叫它"新媒体剧"更合适。短剧体量丰富，单集可以很短，但集数可以很多，总时长甚至超过电影。

第三，它以竖屏呈现，更适应现在的观看需求。很多人说，横屏更有美感，但这无非是影视行业遗留下来的"歧视链"：从前拍电影的瞧不起拍电视剧的，拍电视剧的瞧不起拍网络电影、网剧的，如今拍网络电影、网剧的又瞧不起拍短剧的。这种歧视的存在只说明了许多从业者不愿意学习新的事物，以直觉贬低新东西。我们千万不要陷入这种歧视中。

网剧每一集的时长、集数都没有任何限制和统一，此外，它还可以根据新媒体的技术将不同类型的短剧推送给不同的人，这与以往全国人民守着电视台看同一部电视剧截然不同，平台会根据每个人的兴趣爱好推送可能爱看的短剧，因此，不同赛道、不同类型的短剧我们都需要了解。

剧本的创作流程

完成剧本并不是一蹴而就的工作，但也不要害怕复杂工程——能挣钱的事大部分是复杂工程。如果觉得拿个手机随便拍个视频就能火，那简直是天方夜谭。多少自媒体博主每天要写多少剧本、拍多少素材、开多少次复盘会，那是常人难以体会的。所以，没有简单的事情，正因为工程的复杂，才值得年轻人去其中闯荡，有更多的机会从激烈的竞争中脱颖而出，因为我们懂得原理、有方法论，轻轻松松就能成功的事，那一定轮不到咱们。

复杂的剧本，往往源于一种创作冲动，或者说创作灵感，我们将之整理成一个故事创意，再围绕这个创意进行元素的整理，比如勾勒主要人物的小传，撰写故事梗概、故事大纲，然后开始正式动笔，最后再进行多次主动或被动的修改。创作剧本大概就是这样一个流程。

■ 创作冲动

创作冲动的形式是不限的，任意的，可以是一句台词、一个理念、一个冲突、一个对抗乃至一个道理，当然我是不建议初学者来讲道理的，否则会使故事变得有说教意味。这种冲动可以源自创作者的自我内观，也可以是观察生活，包括欣赏影视作品、小说、漫画、体育比赛乃至历史，甚至，也许就是一个梦，让你一夜醒来之后兴奋地想要记录下它。这份创作冲动，催促着你想要写下来，讲给大家听。

■ 故事创意

有了冲动，但未必能形成完整故事，这就要求你整理成故事创意去验证。故事创意包含五部分：人物、地点、情境、行动和主题。故事的主角是什么人？这个故事发生在哪里？因为有怎样的情境，所以主角需要采取何种行动？因为有了动作，才让故事成立。而这个故事最终表达了什么主题？

■ 元素整理

围绕这五种元素，我们还可以创作和整理其他补充元素，比如：这个人物的成长点在哪里？故事的高潮是什么？它有没有爱情元素？……请记住，构思到这里，你依然在创作的舒适区，因为这些依旧是你在冲动下，在一种充满激情的情绪中去做的，或许你脑子里有很多画面，你想好了主角的两难抉择和高光时刻，想到了其中激烈的追车戏码。

如果某个写作创意让你特别兴奋，那你不妨把你暂时能想到的，与之有关的全部潜在元素都整理出来，把每一件事情都写下来，做成素材卡，哪怕是什么样的场景、什么样的道具，甚至是某一句台词，都可以。每一个故事创意都需要整理至少 20 个的素材卡，这样你至少也能产生 20 次的发散思维。当然，素材卡是一种形式，你也可以采用思维导图等别的方法。

■ 人物小传

这些步骤，都可以认为是你还在整理创作冲动，属于灵感阶段。做完之后，那就开始写人物小传、故事梗概和故事大纲。人物小传，就是关于这个人物的一切，他的外貌、内在、性格、出身、教育、工作、身份乃至身份地位、言谈举止、行为习惯，还有不为人知的秘密、历经的悲痛、内心的挣扎、遭遇的难题、计划的阴谋，不一而足。

人物小传有三个方面的作用，首先，它是创作者的创作依据，他必须自己先把这个人物吃透、摸透。其次，一般来说，甲方判断一个项目是否立项，在剧本正文尚未成形之前，除了梗概、大纲，他们都会通过人物小传来判断创作者对角色的设计和理解。最后，前面说过，剧本是剧组的工作手册，在被交给剧组之后，连同这份人物小传也会交给剧组的另一些人阅读，例如，制片人、服装师、造型师、化妆师及演员，他们都要通过人物小传理解角色，这样等他们在进行二度创作时不会与原来的人物有形象冲突。

■ 故事梗概

写完人物小传，创作者开始写故事梗概，传统的电影、电视剧要求编剧撰写 1500 字，因为这是需要给广电总局备案的。此外，还要让大家来判断这个故事的可能性、潜力和商业性。

■ 故事大纲

故事大纲可以被理解为正文前的最后一部草稿了，过去我们还称之为"万字纲"，因为故事大纲基本按照整个剧情的发展顺序来创作，包括具体的场景、发生的情节，只是会省略具体的动作和对白。如果一个剧本为三四万字，那么除去动作和对白基本就是一万字了。作为最后一部草稿，甲方也会阅读，因为他们需要知道整个故事脉络。

对短剧而言，梗概和大纲一般是合二为一的，不过，1500 字太少，而万字纲又太长，在实操中，我们会根据剧种的不同而做调整，甚至不同的编剧也有自己的习惯，写多少字都可根据实际情况自行判断。

■ 创作正文

按照规范的剧本格式，创作者终于要开始创作了，将故事大纲展开，增添动作和对白。我也曾见过有编剧写完故事创意之后直接开始创作正文，但我不提倡。

■ 剧本修改

最后要经历多方意见进行多轮修改，关于这一点，创作者需要做好心理准备。

■ 定制创作

对于上述提到的创作，指的是自主创作，但在实际过程中，定制创作会占到一半情况以上，无论任何影视作品，甲方的创作冲动才是整个创作的原动力，不管这个甲方是平台、制作方还是投资方，它们会要求创作者写下他们想要的故事，当然，创作者此时创作的乐趣就少了很多，在这种情况之下，创作者必须把甲方的冲动变成自己的冲动，再创造出合理的故事创意，整理出相关的高光元素。

但是，我们人生的第一部作品肯定是自主创作，毕竟没有甲方会找没有经验的初创者定制，每一个新人必须先写出自己的作品卖出去，把它作为敲门砖，让甲方看到你的能力、完成力，然后才能接定制。

写好短剧

chapter 03

从灵感到故事

创作灵感的获取和整理

■ 创作灵感是可以被训练的

或许此刻的你已经有了创作的冲动,也曾在创作的冲动之下创作过一篇好的作品。但是,一个冲动是不够的,因为你未来不可能仅仅靠一个冲动写作。事实上,创作冲动是可以被训练的,提高它在你脑海中乍现的概率。就像那些职业创作者,他们写过那么多小说、剧本,难道仅仅只是依靠从天而降的小概率的灵光吗?不是这样的。灵感可以被训练,倘若你日后需要靠写作吃饭,你必须有持续的创作冲动。

■ 训练灵感的方法

训练创作灵感的方法有两种,一种是务虚,另一种是务实。

务虚

务虚就是要提高创作冲动的概率,比如前面提到的解放天性的训练。作为创作者,最好要把天性打开,随时入戏、随时孤独,这样你的创作灵感降临的概率就会增大。具体的方法如前所说，有极限情绪法，将情绪提至极限，回到本真的状态，唤醒本我；有关闭外脑法，把外在的思维暂时关闭；有当众孤独法，故意去体验难受、尴尬的情景。这种方法的原理，就是和天性做朋友，这是一种艺术的方式。在成功学中，叫作战胜天性，用后天学习的智慧、逻辑和认知去战胜本我。在艺术中，我更称之为解放它、成长它，这样才能达到真实自我的状态。

说到这里，我很想再从哲学的角度去谈一谈。关于这一方面，我以为谈论得最为贴切的是庄子的空船寓言，他总是用一种日常生活去讲述宇宙深奥的真理。

> 方舟而济于河，有虚船来触舟，虽有惼心之人不怒。有一人在其上，则呼张歙之；一呼而不闻，再呼而不闻，于是三呼邪，则必以恶声随之。向也不怒而今也怒，向也虚而今也实。人能虚己以游世，其孰能害之？

一个人早上在河上划船，天蒙蒙亮，这个人看到前面有一条船朝着自己漂来，眼看就要撞上自己了，此人叫对方赶紧让开，但对方并不理会，于是这人怒火冲天、歇斯底里，对着那条船谩骂不止。然而等这船靠近，天色已亮，他才发现这船是一条随波逐流的空船。于是他忽然就不生气了，把船推开。

这说明一些人的外在情绪、困扰和忧虑大多是没有道理的，因为那只是你内心的投射，对这个人来说，他的内心在空船上形成了恶念，他认为对方愚蠢、眼瞎、疏忽，但那只是一条空船，一旦发现那不过是条空船，他的愤怒就能瞬间平息。就像现在的年轻人玩网络游戏，如果是真人对战，对方将自己击杀，玩家会愤怒、不平，想要报仇；但如果是被游戏角色击杀，反而没有那么剧烈的情绪波动。庄子的空船理论说明这个世界就是一艘空船，甚至我们自己也是一艘空船，我们要解放小我，释放天性。

此外，还可以做一做共情训练，走在马路上看到一个人，想一想能不能走入他的内心，用他的视角去看待世界，或者未必是陌生人，也可以是亲人、朋友，甚至是动物，看看自己如何与这个世界连接。

务虚对于创作灵感的影响可能来得较慢，但坚持做解放天性的训练，会对生活有很大的帮助。一个解放了天性的人，是无敌的；一个充满了共情的人，是善良的。

务实

务实的训练方法有两种。第一种前文说过，多积累素材，多出去看看，看新闻、历史、文艺作品，把其中让你觉得有意思、触动你的闪光点记录下来，哪怕有些你觉得没有用，但有意思，那就值得，终有一天你会用上。

第二种方法，叫作即兴创作，这是一种在日常生活中随时可做且很有作用的方法。遇到任何事或观察到任何事，都可尝试即兴创作，写下六个要素：人物、场所、道具、情境、行动、主题，形成一小段故事。比起故事创意，它多了一个道具，这是因为它能让你的故事有更好的记忆点。例如，你今天出去吃饭，看到邻桌有一对男女，桌上有一盘炸鸡，两人相处比较生涩，大概是刚认识。那么这两人会有什么戏剧化的冲突呢？因为男孩只吃素，所以我们可以给他配个道具，一个妇女带着一只狗坐在一旁，不吃肉的男孩不想让女孩知道自己的饮食习惯，担心会有偏见，于是偷偷将自己的炸鸡喂给这只狗，这就有了冲突。这个片段的主题是什么呢？或许有人会说：爱情不能从不真诚开始。但是，在即兴创作设计主题的时候，可以不下结论，创作者只呈现，在这个片段中探讨爱情与诚信，但没有结论。因为生活中很多事都是没有完整结论的，推之于故事中也是如此，只是告诉观众主题的大致方向。

从务实的角度，即兴创作作为日后完整剧情的一次练习，完全有可能会演化为故事创意，至少也可以是某个桥段。

整理出合格的故事创意

■ 衡量创意的标准：商业化

　　故事灵感是想法、冲动，是创作的源头，故事创意则比灵感要更进一步，从这一步开始就有整个剧本的基本情况。之前说过，故事创意包含了人物、时空、情境、行动、主题，跟即兴写作相比它缺少了道具，因为整个故事是不用被道具束缚的；场所也变成了时空，因为整个故事未必就被困在同一个场所里。

　　在具体展开这五方面之前，创作者要先衡量这个创意符不符合剧本级别的标准。通俗点说，就是看这个故事能不能卖钱，不管是平台转移支付给创作者，还是广告商支付给创作者，其本身必须活下去，能把故事卖出去，这才是真理。用郭德纲的话来说，怎么衡量你是不是一个好演员？你得能卖票。

　　因此，我们在衡量自己的故事前，永远要以商业化为标准，绝不可以"评奖、格调"为目的，不管不顾作品是否好看。有些创作者明白其中的道理，但他偏偏喜欢给观众讲道理，又或者说拍一些观众看不懂但又想看的作品，那我建议这些人就不要做这一行了。最开始我就提过，做任何事情都要以目标为导向，而写剧本的目标，就是两点：好看、卖钱。尤其是短剧，你是一位服务者，应该以短剧为互联网产品服务好每一位观众。

■ 剧本级别故事的特点

有一个特别适合的例子，就是体育赛事，因为它就是靠着这三点去吸引观众的。体育赛事中，有赚钱的项目，也有不赚钱的项目，赚钱的项目尤其是足球、篮球、拳击，这些世界上最赚钱的体育项目都是靠着高强度的对抗；并且，不到最后一刻谁也不知道真正的胜者，这就是变化。如果某个球迷喜欢的球队胜利了，那这就是共情。

所以，我们判断自己的创意是否可以变成剧本，就看这三点。

对抗

整个故事是否有激烈的对抗？当然，有的人喜欢看轻柔舒缓的电影，但要知道的是，这类片子的票房并不好。并且，对抗不仅要激烈，还要全面，除了主角和对手的对抗外，还有环境的对抗，甚至还有主角自身的对抗，他的难言之隐，他内心的挣扎。

变化

故事中还要包含许多变化，或者称之为反转。影视类作品在这一点上是有先天优势的，因为画面、声音、场景和人物都是在变化的，但创作者不能满足于此，还必须追求剧情上的强变化、人物的强成长、节奏的强推进，以及结局的出乎意料。

共情

共情是人类共通的情感，也是打动观众最重要的一部分。任何观众在看故事，都是在照镜子，如果创作者没有引发观众强烈的投射，那么就是失败的。只有共情才能让观众或读者对一个作品欲罢不能，跟小说相比，影视剧更占劣势，因为小说的沉浸感更浓，画面是读者自行脑补，因而他们的参与感更强，也更容易共情。影视和小说在变化与共情的优劣势上，我们也必须知道。但这种优劣势并不是绝对的，例如，影视剧也可以通过营造更加逼真的场景来和观众共鸣。

此外，主角承担着观众一半以上的共情，观众与他站在一起，同情他、鼓励他，希望他达成目标，最终胜利。因此，创作者需要在主角的塑造上下大功夫，简单地说，就是可怜、可信、可爱。主角有可怜之处，比如家世凄惨，可信即他令人信服，不可以让他无所不能，哪怕是制造一点小缺陷也可以，同时这点小缺陷又能让观众喜爱他。故事主角的底线一般是善良忠诚，在创作中有一个理论叫作"救猫咪"，即主角在正式开场之前往往要救下一只猫咪，这只猫咪是概念化的，可以是狗或者小朋友，因为他做的这件小小善事让观众对他产生共情。回忆一下自己曾看过的影视作品，是不是在主角登场时都有类似的举动？

■ 把灵感提升为故事创意

人物

对人物来说，我们可以遵循以下几种方式，比如困兽型，人物原本很厉害但如龙游浅滩般无法发挥出来，诸如哈利·波特，一个被困住的魔法师；与之相反的是主角原本没有本领，但强行把他抬高上去，例如功夫熊猫，这一种是比较极限的操作，但影视剧中不乏诸多例证，例如小偷伪装成警察，落魄歌手去校园做数学老师等。极限的人物关系还包括双主角，他们的一切都是相反的，例如《绿皮书》《绝命毒师》的两位主角，编剧可以在人物关系上作各种反差。

背景

创作者需要挑选一个有代表性的故事背景，背景中暗含着潜规则。例如《繁花》的背景是改革开放后的上海，那是全民创业、全民赚钞票的日子，在特定的时代浪潮下，又是最为开放的上海，每条路上都会有无穷的故事，知道这一点，观众们便能很快进入故事的背景之中。

情境

何种情境导致人物发生改变？可以总结为：召唤、刺激、困难、对手、赌注、规则、奇幻、谜题等。

行动

主人公的行动必须是主动的，完成一场不可能完成的任务，其包括：营救、找寻、战胜、消灭、保护、捍卫、逃离、履约等。

主题

主题不设限制，不要下结论，只是探讨方向，比如爱情、忠诚、事业等。每一个创作者都不要下结论，但写作中他的内心里必须有主题。

把这五点确定好，它就变成了你故事的起点。

■ 案例：把新闻变成故事

用一个让我印象极其深刻的新闻来做案例。

一个 28 岁的小伙子来到大城市做程序员，但因工作压力巨大，于是想自寻短见，幸亏被社区的人救了下来。社区的大爷大妈们非常负责任，但又不能每天照看这个小伙子，于是把他送到辖区的敬老院里看护起来，防止他再自杀。没想到的是，这个小伙子在敬老院里过得非常滋润，因为这里的人都生活得很悠闲，没有工作只有享乐，毫不内卷。

如何把这个新闻按照以上五个元素强化呢？我们可以试一试。这个小伙子是困兽吗？当然，一个年轻人被关在了敬老院，虎落平阳。时空环境，则是年轻人工作压力巨大的当下，每个职场人都能体会到的内卷，时刻面临着裁员失业。当前的情况就是，这个小伙子被困在了敬老院中，天然具备了剧本所需的冲突：敬老院的老人们都想活着，而这个小伙子却想死去。接下来，我们可以把这种对抗具体化：例如敬老院中某个患有阿尔茨海默病的老奶奶把小伙子当成了自己的儿子，因为她自己儿子把她丢到了敬老院不管不顾，小伙子不得不去照顾老奶奶，当然在一开始，他是抗拒的，然而相处之后，他想真正照顾老奶奶的时候她却去世了。这个创意的主题是什么呢？年轻人的工作压力、养老问题、亲情，这些都是非常宏大的主题，创作者只用展示，不用下结论。

如果我们想把它变成一个幽默的喜剧呢？既然老奶奶已经患有阿尔茨海默病，那么她当然可以把小伙子当作自己的丈夫，于是小伙子被逼疯了——他本来好好的，却被关到了敬老院，还被一个老奶奶追求，这种冲突就变得搞笑起来；甚至，我们还可以让老奶奶的病更严重一点，她把自己当成小女孩，而小伙子是她的父亲，于是小伙子要把老奶奶当作自己的女儿来养，只是七八十岁的老闺女如何养呢？随着剧情的发展，等到小伙子真正想要照顾老奶奶的时候，老奶奶病情加重，她又不认识小伙子了，两人重新成为陌生人，新的矛盾就此展开。其中可以探讨的内容更多，并且工作压力和养老的主题依然不变，但戏剧变化更加剧烈和丰富。

按照这样的思路，我们可以把任何你感兴趣的新闻制作成剧本。

故事构建的五种类型

■ 从故事角度进行分类

当你着手整理故事时，你遇到的第一个问题将会是：你写的这个故事究竟属于什么类型。

故事类型是最为重要的锚点，也就是说，你如果不知道自己的故事是什么类型，那么一切写作都是竹篮打水。举个例子，有的类型的故事对人物的要求没有那么高，但你花了大量的力气在塑造这个人物如何饱满、如何丰富，思想如何深厚，花了大量力气描写他认知的转变，这就可能属于把劲儿用错了地方。这就像汽车是有很多类型的，侧重点也各不一样，倘若一位设计师需要制造一辆跑车，但他却把大部分精力放在了怎样更省油上，对跑车的车速、声浪、风阻、外形都不那么在意，那就是走错了方向。

形式上，影视剧分为电影、电视剧、短剧等，但剧本涉及的故事却是有分类的，这种分类最初是由好莱坞提出的，他们认为：商业故事一定是有其类型的，它代表着大部分人共同的愿景，我们叫"期待式欲望"，即大部分人都想做的事，我们将其写下来，这就有了商业价值；如果这个故事只有零星的人琢磨过，那就不会有什么观众。

严格来说，分类是一种命名，但一切命名都不可能准确，人类的思维方式就注定了要对其下定义。前面说过，人之所以为人，正是因为有了讲故事的能力，但这里需要再补充一下：讲故事能力中的一个核心就是"定义"。一旦出现定义，我们就可以共同理解了，人害怕老虎，狗也害怕，但人类可以将那种动物定义为老虎，再围绕这种害怕的动物制定策略，诱捕、躲避、击杀。这就是讲故事的前提：先有定义，然后分类，所以定义是人类理解世界、改造世界然后统治世界必走之路，尽管定义永远无法准确。

在力求准确的前提下，我们将影视剧进行分类。打开电影网站，我们可以看到：剧情片、动作片、爱情片、喜剧片、战争片、犯罪片等。打开短剧程序，我们能看到的就更多了：战王、兵王、龙王、霸总、赘婿、复仇、无限流、金手指、末日……这些是从营销的角度分类的，是为了观众更加快捷地选择，知道自己要看的是什么，所以将其打上标签，并且很多影视剧可以有多重标签。

这些分类，可以说是从观众的角度出发的，但创作者不能这么分，比如有创作者说："我想写一个故事。"我问："是什么类型的？"他说："我想写一个校园故事。"这就错了，"校园"不是类型，只是一个元素，因为既可以写校园爱情故事，也可以写校园悬疑故事，这两种能一样吗？当然，这不代表当一个观众这么说的时候，我们有必要去纠正这种说法。

因此，作为创作者、故事源代码的设计者，我们要从故事的角度对其分类，按照我们的逻辑去写作，这是提笔之前的一个共识。

故事分类最基础的标准，就是如何引导观众们入局，你写故事的终极目的是被阅读、被观赏，让他们对你的故事有期待感。如何勾起观众们的期待？如何拿下观众？我们有个词叫"共情"，即为了让观众们能参与这场共情的盛宴，我们一定要有着力点，这就是分类的标准。

因此，我们对故事就有五种分类：人物成长型、追寻目标型、摆脱困境型、愿望梦幻型、解密探案型。每一种类型，都有其关键的节点和注意事项。

■ 人物成长型

首先来看人物成长型。这是一种相当古老的故事类型，神话故事中有一多半都是英雄，过去的史书也有专门的人物传记，因此人物成长型是故事中非常主要的类型。

有一个说法认为，看故事的本质都是在照镜子，读者和观众在故事中寻找共鸣，这一点在小说中尤为突出，仿佛作者写出了读者的心声。

既然是照镜子，那就是观者在镜中寻找自我，最容易的便是人物成长。之所以要加上"成长"二字，是因为所有以人为共情点的故事，都是在讲转变和成长。前文说过，故事中一定要有变化，相当一部分变化都是人的变化。生活中，每一个普通人都趋向于不变，宁肯生活在安全区、舒适区，但在故事中，人们希望自己变得勇敢，变得改变现状。物理学热力学第二定理认为：世界是熵增的。但人们在故事中追求熵减，追求秩序，希望人物是在成长的。

以人为共情点，人物又可分为三类。一类叫英雄，与英雄相对应的第二类是普通人，此外还有一类叫伙伴，或者叫爱人、伙伴。这三类都有各自的侧重点。

英雄

描写英雄的关键词有四个：技能、命门、对手、使命，正是英雄的四种特质使他们区别于普通人。

英雄的技能可以是普通人所向往的特殊能力，例如：飞翔、召唤、隐身等，就像《复仇者联盟》中每个英雄的能力，但不要太复杂，虚构一些读者不能理解的，而是尽量使技能简洁、有效和利索。

除了技能，英雄一定要有命门、软肋，强如孙悟空者，也得有个紧箍咒，否则就不平衡，并且这个命门、软肋正是故事发展下去的线索。

此外，英雄还需要一个旗鼓相当的对手，这样的对抗才更刺激，并且在许多英雄故事中，主角和反派通常是"两生花"，比如蜘蛛侠和章鱼博士、洛基与雷神等，这种设计通常是为了展现不同的人在拥有了能力之后所做的不同选择。

第四个元素，是英雄一定会有使命，例如保护一方平安、保卫地球、捍卫生命等，千万不要把一些鸡毛蒜皮的事当成主角的使命，能力越大，其责任也就越大。

另外需要强调，不能因为是英雄而忽略其成长性。英雄通常来自民间，比如，蜘蛛侠来自民间，海王生活在海边的小村庄，哈利·波特被寄养在姨妈家，这些英雄都困在民间，虎落平阳、龙游浅滩，在某种机缘下，他们成长为英雄，在最危急的时刻，他们使用在民间所学的技巧击败敌人，最终返璞归真。比如，功夫熊猫在结尾跟着父亲做面条。人就是这样，他既幻想成为英雄，又希望英雄跟着凡人学习，最终成长的落脚点是做回最初的自己。

普通人

我们喜欢看英雄拯救世界，同样我们也期待普通人可以做成一件大事，但需要注意的是普通人的故事包含三种元素：普通人通常被低估，接着他会遇到一件大事，最终他会顺利完成这个任务。

普通人的成长型故事通常为喜剧片。比如它经常会给主角赋予假的身份：假老师、假警察、假修女，经典代表《律政俏佳人》，一个本来从事美容的时尚女孩申请哈佛商学院，误打误撞被录取了，上学的时候什么都不会，但最终成了一名律师。

在这种类型中，人物的成长性体现在普通人进入另一个环境中，在极其不适应下，主角需要模仿，但模仿得非常失败，反而做回自己之后成就了一番事业。在《律政俏佳人》中，艾丽因为是一个时尚女孩，她通过教大家做指甲、开舞会这样的时尚圈技能反而在法律圈中获得了成功。

总之，这种类型的故事可以归纳为：学别人，失败；做自己，成功。因为这类故事最终想要表达的是：普通人也没什么不好。就像《阿甘正传》中，阿甘智商不高，但他只记得青梅竹马的女孩告诉他：遇到危险就赶紧逃跑。就这样一个人生哲理，他始终贯彻，最后居然成了战争英雄。

爱人伙伴

为什么要把爱人故事和伙伴故事放在同一种类型呢？因为讲其他感情的故事跟讲男女爱情的也没有本质的不同，例如《绿皮书》《触不可及》，它们和爱情片一样都有着相同的关键步骤：相识、互补、互助、共谋、误会、决裂、患难、真情。

相识：相识一般有两种，要么是从小相识，比如从小就有承诺；要么是产生误会，不打不相识，一大批韩剧中的男女主角都是这样相识的，比如在电梯中女主角踩了男主角一脚，但她并不知道这个男人就是自己的老板，诸如此类。

互补：是指两人在很多方面都有不同。《泰坦尼克号》，罗斯和杰克就是一对互补的恋人，一个是富家女，一个是穷小子；一个住头等舱，一个住舱底；一个拘谨束缚，一个自由自在。伙伴电影中同样也是，《绿皮书》中，两人一黑一白，一穷一富，一个有文化，一个很粗鲁；一个很博爱，一个有种族歧视；一个注重家庭，另一个连跟亲弟弟都不来往。这一类例证在《绝命毒师》《杀人回忆》《触不可及》中都有鲜明的体现。

互助：两人利用各自的优势帮助对方。比如《泰坦尼克号》中，杰克带领罗斯去舱底体验底层人的生活，罗斯带领杰克去头等舱见识上等人的舞会，两人的阶级差距帮助彼此看到更大的世界。

共谋：两人合作去做某件事情，在爱情电影中，通常是一些无伤大雅的坏事，比如去报复欺负人的教导主任，翻墙去动物园把大象叫醒，等等。这类坏事可千万不能有受害者，对创作者来说，这里是可以有很多创意的部分。在共谋这一步，创作者把爱情推到了顶点，但故事不能只是往上推，所以共谋通常在故事的中间。延伸到真实生活中，一对恋人爱情的失败也大多归咎于互助和共谋这两点没有做好，爱情若无进展，大多也是卡在了这两个地方。一方帮助另一方，但没有反馈；一方想和另一方做一件事，但无法合作。故事和生活的连接就在这里。

误会：两人的爱情最为浓厚之时，会出现误会，毕竟这两人通常不会在一个阶层，有着不同的价值观。

决裂：因为误会，两人分道扬镳，互不往来，成为熟悉的陌生人，甚至仇人。

患难：决裂之后，两人却又遭遇了相同的困境，生死存亡时刻，两人决定共同面对，战胜困难。

真情：最终，这场患难重新将两人黏合在一起，历经阵痛，破镜重圆。

这就是一个完整的爱情故事，友情故事也是同理。爱人、伙伴故事中的成长，体现在两人向对方学习，它不像普通人的成长那样向最初的自己学习，因为主角两人彼此互补互助，它们更可以归纳成"交叉成长"，这一点在《绝命毒师》中体现得淋漓尽致，作为化学老师的怀特谨小慎微，他的学生杰西却非常出格，为了赚钱不顾危险。到了最后，两人彻底交叉、成为彼此，怀特渴望成为世界毒王，而杰西却不想再从事贩毒。

因此，在创作爱人、伙伴故事时，编剧切记要在交叉成长上下功夫。

■ 追寻目标型

追寻目标型故事与人物成长型故事可以说是相同当量、相同历史，从人类诞生后所传颂的故事中，这两种占据主流，如今的商业片中最多的也是这两种故事类型。我们爱听人的故事，也爱听寻宝探险的故事。

追寻目标有三个元素，包括目标、团队、路径。

目标

既然需要观众共情，那么这个目标一定要设置得非常诱人，比如财宝、金钱、不老神药甚至治病救人等。

在这种类型中，这种诱人的目标是前期的，后期可能会被更换，在商业片中会被替换成更加诱人的目标，如果想要提高思想高度，可以把目标设置为内在探索，比如《内布拉斯加》，老头子的前期目标是要去兑奖，于是老头子的儿子要开车陪他去兑奖，但路上发现这奖是假的，后期的目标就变成了父子的救赎之旅、疗愈之旅。或者，我们可称之为表面目标、真实目标。

与人物成长型故事类似，观众的共情是人物的成长，成长分为前后期，前期模仿别人，失败；后期回归本我，成功。同样的，在追寻目标型的故事中，目标也是变化的，并且要变得更丰富，才会使作品更有层次感。

团队

这一类作品并不迷恋个人成长，往往采取团队作战，例如《西游记》中是唐僧、孙悟空、猪八戒、沙僧、白龙马五人团队，再如《绿野仙踪》中的桃乐茜、稻草人、铁皮人和狮子，《鬼吹灯》中的胡八一、王胖子和雪莉杨铁三角。

这类作品并没有太多篇幅去讲述个人成长，索性把主角拆分，把一人作为主视角，再把他的缺陷做成零件，例如《西游记》中，取经的只有唐僧一人，另外的三个徒弟是贪、嗔、痴，也就是修行之人需要摆脱的三种缺陷。再如《绿野仙踪》，桃乐茜想要回家，而稻草人没有脑子、铁皮人没有心、狮子没有胆子，实际上这不就是一个迷路的小女孩身上最大的缺陷吗？她想找回人生的方向，她必须有智慧、有爱心、有勇气。

从这个角度，你可以理解为何追寻目标型的作品需要分散主角的缺陷；从理性的角度，如果故事的重心放在取经、抢银行、盗墓上，哪里有工夫再去写主角的成长呢？那就把一个人的缺陷分一分，这样既实现了故事的深度，也增加了丰富度。

路径

前面说过，目标分为外在目标和内在目标，所以这个类型的故事一般是先寻找外在目标，但失败了；后续寻找内在目标，并成功了。

在《菊次郎的夏天》中，没有见过妈妈的正男在暑假无所事事，翻找家里的东西后发现妈妈的明信片有寄来的地址，于是他上路寻母。正男家隔壁游手好闲的菊次郎陪他一起，电影讲述的就是二人在旅途中令人发笑而落泪的故事。正男的母亲已经改嫁不要这个儿子，他们一家正幸福地生活在城市，前半段中，正男是为了寻爱，因为他没有母爱，但在后半段中正男遇到了很多爱他的人。

在《绿野仙踪》中，桃乐茜想回家，好心的女巫指点她到翡翠城找大术士帮忙送她回家，路上她先后遇到了稻草人、铁皮人和狮子，最后在他们的陪伴下反而可以回家。当然，这些作品都是带一点寓言性质的。

特殊类：公路片

这种类型的作品中还有一种非常特殊，即公路片，这是好莱坞提出来的概念，我们的影视圈也借鉴了这种类型，比如《心花路放》，耿浩和好哥们郝义两人截然相反，一个好色一个忠贞，两人一路开车从北京前往云南，路径十分明确，一路上展示祖国的大好山川，这也是公路片最大的特点。

公路片中还有一种极其特殊的类型，那就是主角不是团队，独自一人，又没有一群有缺陷的伙伴，那么这种类型的故事中人物如何实现成长呢？编剧采用了全新的方式：他不让主角成长，而是让主角帮助一路上遇到的人成长，这种主角我们称之为"催化剂主角"。这种故事并不好写，但并非没有，例如赵本山饰演的《落叶归根》，主角背着朋友的尸体一路回乡，把缺陷散播在一路上遇到的所有配角身上。这类影视作品对主角的要求极高。

我不建议短剧作者创作任何形式的公路片，因为不好写，也不好轻易地模仿，此外，公路片的拍摄成本也非常高，因为其特点之一就是要展示大好风光，如此就必须带着剧组人员不断变换拍摄的场所，导致拍摄成本极高。尤其是对短剧来说，其大部分拍摄都是在棚内完成，编剧若要考虑到成本问题，就尽量不要写公路片，而是专注于团队合作的追寻目标型作品，将目标设置得更加诱人，将路径设置得更加明确，以让观众们更能共情。

■ 摆脱困境型

不管从历史角度还是商业角度，摆脱困境型故事都要比前两种在数量上少一些，因为人类的本性就不喜欢困境，大家更愿意听积极向上的故事。但是，由于这类故事始终都在对抗，且其困境能触达观众的内心，这类故事也会非常受欢迎，其核心点就在于如何让观众共情困境、如何让主角摆脱困境。

摆脱困境型故事有三类：意外麻烦、人生难题、制度体系。

意外麻烦

意外麻烦即主角遭遇横祸，这类故事我们是可以共情的，因为日常生活中我们也会遇到。但因为没有人愿意遇到麻烦，所以这类作品天然不是观众爱看的，所以编剧一定要从如下三种要素入手。第一是主角必须普通，第二是主角必须无辜，第三是灾难必须严重。

正因为主角的普通，观众才会认为故事中的麻烦自己会遇到，因而产生共情。正因为主角的无辜，麻烦之于他而言是无妄之灾，这样观众才会同情主角。正因这场麻烦十分严重，甚至可称之为灾难，涉及了生死，才能让观众意识到主角是多么艰难。

普通、无辜和严重，是这类题材的核心，创作者必须使劲在这三方面加工，让每一个人都意识到它会降临在自己身上，这种类型的电影诸如《空中监狱》《虎胆龙威》等。

人生难题

相较于意外麻烦，观众会更容易共情人生难题一些，例如：失去亲人、失去爱人、失去事业，生老病死等，此外还有产后抑郁、父母患有阿尔茨海默病等比较大众化的情况，这是每个人都会遇到的难题，每个人都逃不掉，所以主角就不必太过无辜。

这类电影的关键点是，开头先提出人生难题，然后主角使用错误的方式应对，但即便是将方法用到极致也导致自己痛不欲生，最终他找到了正确的方式。一般来说，错误的方式是逃避的、消极的，正确的是积极去面对、去拥抱、去化解。

例如《海边的曼彻斯特》，主角因为自己的疏忽导致三个孩子被烧死。为了逃避痛苦，他搬到了一个谁也不认识的地方，把自己封锁起来，生活了很多年。后来因为哥哥去世，他不得不收留这个十六岁的侄子，成为他的监护人，于是两人不得不生活在一起。它的主题很鲜明：失去了至亲，但依然需要亲人去治愈。尽管这个男孩极其不靠谱，但他们依然能彼此依靠、彼此疗愈。

这类作品往往题材都比较沉痛、憋闷，相对而言不适合成为短剧的题材，尤其不适合做成充值类的商业作品，除非你有很高的拍摄理想，因为这类题材的作品很容易得奖。

制度体系

第三类制度体系不仅难以商业化，也很难过审。这类作品历史短暂，一般是有了大规模的社会组织以后，才有了对这种社会体系的反思，通常这类社会体系可以分为现实和虚构的，例如《飞越疯人院》，讲述的即是对精神病鉴定和收容体系的对抗，虚构的则是类似《楚门的世界》，探讨的是个人的隐私被媒体侵蚀、侵占，此外还有《少数派报告》《龙虾》等耳熟能详的故事。这类电影有三种元素，即体系、觉醒者、抗争，围绕着主角如何觉醒、抗争，这就需要创作者去构思，如何用新的社会体系去对抗陈旧的。这类故事尽管难以商业化，但很容易成就好作品。

■ 愿望梦幻型

愿望梦幻型的故事也很古老，它来源于人类美好的幻想和梦境。它之所以能成为一大类型的故事，就是因为人爱幻想、爱做梦，观众和它的共情点在于尽管它们不是真实的，但我们都琢磨过，这就是这类型故事和其他故事最大的区别。

新媒体短剧有相当一部分来自这种类型，但其实只来自这种类型的一半。因为梦分为两种：美梦和噩梦。

美梦

美梦很容易理解，其重要的元素是主角拥有了"金手指"，例如一夜暴富，主角忽然继承了一笔 20 亿元的财富——《西虹市首富》；再如拥有了超能力——《家有仙妻》；还有遇到贵人乃至神仙的帮助——《我的僵尸保镖》等，这些故事多多少少听着像是许愿。还有两类作品占据重要地位，即穿越和重生。所谓穿越是指去往别的时代，回到过去或穿越未来，肉身穿越或灵魂穿越都可以；重生则是回到年轻的某个阶段，这两种之下的细分很多，但毕竟没有什么科学根据，提供给观众的爽点却是真实的。

通常而言，所有美梦型的作品最后的主题都是"别做梦"，开心麻花出品的这类作品是最多的：《夏洛特烦恼》《西虹市首富》《羞羞的铁拳》都是此类，先是做梦，梦想成真之后吃到红利，最后却承受了诅咒或教训，所有美好的愿望都在暗处标注了价格，而最终主角都会承受惩罚，回到了最初的生活，这类故事的主题，基本上可归纳为"珍惜当下、珍惜眼前人"。

创作这类作品最重要的原则在于，当你获得超能力后你是为了做什么？复仇、弥补遗憾、享乐等；其次是你获得的超能力又是什么？改写规则、神仙附体、贵人相助等。创作者琢磨好了这两点，就可以快速建立这种类型的故事，经典代表作是《重返十七岁》。

噩梦

噩梦的市场并不小，有非常固定的受众群体，惊悚、恐怖类电影基本可以划分为这类。噩梦是人类共同的担忧和恐惧，例如遭遇魔鬼、妖怪、鲨鱼等，经典恐怖电影如《午夜凶铃》《电锯惊魂》《大白鲨》等。

以《大白鲨》举例，在现实生活中，鲨鱼并不危险，很多人一辈子都遇不到鲨鱼，在杀死人类的危险动物中，鲨鱼甚至排不上号。但电影将其塑造得神出鬼没、面目可憎，形成了许多人共同的噩梦，这就值得成为一部商业电影。再如《侏罗纪公园》，复活恐龙，屠杀人类，这也是一种幻想中的噩梦。通常来说，产生噩梦的外部力量通常是无法沟通的，因为一旦可以沟通，它所隐含的恐惧就被消解，作品也就失去了力量，例如上述的杀人狂魔、大鲨鱼、恐龙等，都是无法沟通的。

噩梦类电影有几个元素，第一是原罪。也就是说，恐怖并不是无缘无故降临的，一定是由人类的特殊行为招致的。《侏罗纪公园》中，恐龙是人类使用科技元素复活的，他们试图在战争中使用，却没想到克隆出来的恐龙本身存在基因缺陷，人类难以控制，就有了后来恐龙虐杀人类的场景。这就是原罪。

第二是密闭空间。如果可以轻易逃脱，那自然就不能称之为噩梦，《侏罗纪公园》中一群人困在小岛上，《电锯惊魂》中受害者在封闭的房间中，皆是如此。

第三，噩梦类通常是群像，主角往往没有那么明确。群像有两个作用，一是它代表着社会各个阶层各个类型，一个群像象征着小社会，作品将展现不同阶层的人在压力下不同的反应、不同的抉择，即它是生活的隐喻。二是可以将氛围烘托得更加紧张。倘若只有一个主角，观众在潜意识中就会知道他不会死去，但群像可以展示每个人悲惨的命运。这种经典的代表作如《致命ID》，它几乎集齐了上述所有的元素，一群人聚集在封闭空间中，所有人都有原罪。

在国内，美梦型电影的数量通常更多一些，这是因为审查机制下过多展现杀人、恐怖的场景不太合适，作为短剧更是如此，噩梦类题材更少，但未来总是朝着多元化发展的，各位不妨在这个领域多多尝试。

■ 解密探案型

解密探案型的故事出现得最晚，也最小众，或许有很多读者喜欢阅读推理类小说，尽管它有着固定的受众群体，且因许多文艺工作者非常喜欢这种类型，觉得它出现得晚，也时髦，写作起来更有技术含量，对智商要求较高，总之，这类作品是有门槛的，这导致它没有那么普及。

解密探案类故事即整个故事围绕一个谜题展开，吸引观众的原因也在于这个故事足够挠人，他们迫切地渴望知道谜底的答案，所以天然存在共情。

这类故事包含三个元素：谜题、解密者、自我牺牲。

谜题

创作者首先需要设置一个比较大的谜题，这种类型的电影中，大部分是探案片，原因就在于这类案子关乎生死，有时候还会牵扯到连环杀人案这种社会化议题，让更多的人有痛彻心扉之感。

解密者

解密者是这类故事的主角，为什么要把它单独作为一个元素提出来呢？因为严格来说，解密者并不是主角，而是一个视角人物，他并没有制造案件，而是负责带领观众们了解整个案件，类似于观众的一双眼睛，他掌握的信息也和观众高度一致，因此，如果是探案片，解密者往往是侦探、警察或记者。

等到后面谈论悬念的时候，你会更好地理解这句话。在影视作品中，创作者通常会利用信息差制造悬念和期待，比如主角观察到了某个细节，获得了一个信息，但作为观众的我们并不知情，这时主角的信息大于观众，于是我们迫切地想要知道后续；又或者，作为观众的我们提前知道了某个信息，比如某人背叛了主角，但主角并不知情，还拿这个人当朋友，这时观众的信息大于主角，我们本能地会担心主角的安危。创作者正是利用了这点信息差制造巨大的情绪拉扯，产生悬念。这就是影视和小说的区别之一，因为在制造信息差上，影视剧比小说更加容易、直观。

通常在探案片中，创作者不要利用信息差，而是让主角看到的、掌握的，都和观众一致，特别是在前中期。因为这种类型最重要的是案件本身，至于主角的成长、困境则是观众不用操心的，所以不要用信息差来为主角制造成长。观众之所以想看案件，就是为了解闷，这是解密探案类故事跟其他故事的区别。

自我牺牲

在一部漫长的作品中，如果从头至尾这个视觉人物都很平庸，那么观众也会看得乏味，因此，我们需要让解密者做出非常大的自我牺牲，甚至卷入案件之中，否则就没什么戏了。

这类故事一般分为四个节拍。第一步，提出谜题；第二步，解读谜面；第三步，寻找谜题的答案；第四步，解密者深度介入之时，发现其与自身有关，主角做出巨大牺牲，最终探明答案。如果没有最后一步，就不能称之为故事，而只是一个调查报告罢了。关于这一点，我们可以看看很多欧美的悬疑剧集，例如"福尔摩斯系列"，《神探夏洛克》，阿加莎·克莉斯蒂的作品，等等。

需要强调的是，这类型作品需要更强调"重新解读谜面"的部分，因为创作时很容易陷入"自嗨"，在设计过程中觉得特别过瘾，将案件做得特别精密、复杂，但往往会弄丢观众，毕竟观众往往是更想要视听享受的，其次是创作者无论怎样缜密，总归还是会出现漏洞的，任何经典案件都会出现漏洞。因此，建议初学者在创作时一定要谨慎，不要在写作时陷入自我陶醉，多考虑观众，多修补细节。

■ 短剧更适合的故事类型

在短剧市场上，比较主流的是人物成长、目标追寻和愿望梦境类，为什么是这三种比较多呢？如前所说，这五种类型的故事是以创作者的角度、以共情为基础，也就是说，在创作故事时，作者在心中一定要绷着一根弦：我究竟要靠什么拿下观众？我究竟要用什么吸引观众观赏？他为什么想要对这部作品一探究竟？这是我们当初分类的初衷。既然如此，为了让观众更好地共情，许多创作者可以使用多重故事类型，比如一个故事中既可以有人物成长，也可以有人物困境，甚至可以让他们在公路上实现成长，或者用一种超能力实现。

在众多商业电影中，往往都是采用两种类型并用的，例如优秀的亚洲电影《杀人回忆》，表面上，它是一部探案片，但它同时又是爱人伙伴，它的两位主角有着截然相反的人设，一个是高才生、高级侦探，一个是农村片警；一个非常斯文，一个非常粗鲁；一个清高，一个开放，两人合作侦破案件，但到了最后，他们成了彼此，因此，这部电影采用了两种类型，用两个共情点完就了它的商业性。

不过，需要提醒的是，两种类型是适宜的，但多类型就有些拥挤了，因为没有必要用太多共情点，多了反而不精，何况你还需要注意更多的事情，这会让创作者束手束脚，这就需要每一位创作者自己去平衡。

此外，对于解密探案型故事，短剧慎用这类题材，因为大部分短剧提供情绪价值，而这种类型的故事需要思考，有人以思考为乐，但它终归没那么主流，因此这类电影往往不会有很高的票房，在短剧中更是如此。

丰富故事的元素

开始创作故事时,你需要设计哪些元素?或者说一个成熟的剧本故事需要包含哪些元素?这是我们开始动笔后考虑的第一个问题。

前面说过,写剧本是一个大工程,所有的大工程都不是一蹴而就的。每个大工程都可以分为若干个步骤,当你把每一个步骤走好,就能超越绝大部分人。同样,一个剧本故事包含很多元素,当你把这些重要元素组装起来,即可形成一个故事的基本模型。

其实当你在构思故事创意的时候,就已经有元素了,所以我们来看看哪些需要补充、需要纠正。故事包含四个元素:环境、人物、事件、主题。乍听起来,这很像我们小时候写的记叙文,的确如此,但剧本要求我们对这些元素做进一步的细分。

■ 环境

环境包括时间、空间和规则。

时间

我们讲任何一个故事,都需要规定它发生的时间,便于观众快速理解，进入共情状态，因为人类是过度依赖时间维度的。

空间

空间比时间更重要，它给人一种安全感。定下时间和空间，观众便对故事的世界观有了基本的了解。

规则

常常有甲方会问创作者这个故事的世界观是什么，他实际上就是在问时空和规则。规则是彼时社会运行的原理，尽管它非常复杂，一两句话根本无法阐述清楚，但你创造的是那个社会下的一个切片，只呈现观众最需要了解的那一部分即可。

当然，还有一些规则是可以被创造的，属于超现实的时空，比如各种神话故事，以及一些现实化的题材，例如《鱿鱼游戏》，它呈现的是生活的另一种侧面。

■ 人物

人物无疑是创作故事最关键的元素。这里的人物，我们单指主角，后文会再谈到其他人物如何构建。将人物这一元素细分，我们可以分为五部分：物理存在、社会身份、缺陷罪恶、境遇刺激、应激动作。

物理存在

创作者要明确你的角色长什么样、是男是女、多大年纪、是胖是瘦,把脑子里的人物肖像临摹出来。

社会身份

即一个人在社会中身份的集合,他是谁的亲人、恋人,职场中又扮演什么角色等。

缺陷罪恶

即主角的身份包含着缺陷,因为他必须有成长的空间。哪怕在不是以人物成长为重心的作品中,主角也是要有成长的,只是有一部分没有那么令观众共情罢了。事实上,缺陷原罪起源于西方文化,他们认为所有人生来就有原罪,而美国的商业化电影将其推而广之。在东方文明中,尽管没有原罪的说法,但也有贪嗔痴这种佛教三毒的概念,是修行者需要克服的主要障碍,这与西方文明既共通也有区别。总之,主角可以有缺陷,也可以有原罪,毕竟人无完人。

境遇刺激

之后,主角会历经某种境遇刺激,这种刺激可以是好事也可以是坏事。

应激动作

在这种刺激下主角产生了某种应激动作,或是某种行动,或是某种反击,事件就此展开。

■ 事件

故事以事件为主体，是叙述的重中之重。事件可分为五个元素，分别是：核心悬念、阻力对抗、转折变化、代价、结果。

核心悬念

人物发生应激行动后，进入了事件，事件吸引观众的自然就是核心悬念，为何要加个"核心"呢？因为故事悬念一般是多重的，观众对角色的期待也是多重的，创作者需要区分主悬念、副悬念，或是阶段性悬念。创作者要知道观众们心心念念所在。我们判断一个故事元素齐不齐、好不好，也主要看核心悬念。

阻力对抗

在解决悬念的过程中，人物出现对抗，对抗可以是多方面的，和环境的对抗、对手的对抗，甚至是自我的对抗。

转折变化

对抗之后产生转折变化，因为所有的故事都不可能一帆风顺，一定会有巨大的转折。

代价

哪怕是获得了最终的胜利，也必然付出巨大的代价，这个代价取决于结果，这两者是联动的：如果结果特别美好，那么代价就必然惨痛；如果结果勉强接受，那么代价也可稍微小一些。还有一些故事并没有成功,且付出了巨大代价,这与故事的题材有关,往往都以悲剧结尾。

喜剧片是可以大获全胜,但只付出了极小的代价。

结果

最终,故事来到了结尾。绝大部分情况下,我们希望的结果是兑现了预期,但又要以观众没有想到的方式,或者也称为勉强的胜利,也就是所谓的"意料之外、情理之中"。

■ 主题

最后,千万不要遗漏了主题,有些创作者认为,只要人物生动、故事精彩就可以了,为什么需要主题?主题是必须存在的,否则故事写作就失去了意义。主题是客观存在的,只是看创作者愿不愿意去提炼和承认而已。同时,先提炼主题,这有助于更好地设计故事。

主题分为四部分:话题范围、负价值、正价值,最后是成长。

话题范围

很多创作者存在的误区在于,在故事设计之前就想给观众讲一个道理,这就错了,创作者不要给观众讲道理,尽管我一直在强调故事的主题。主题是把故事圈定在某个范围,爱情、亲情、金钱等,再围绕它去探讨,但不要下结论。

负价值和正价值

在这个范围中，去寻找负价值和正价值。

成长

先让主角在错误的认知下历经挫折，再在认知的转换下实现主角的成长，这就是故事的主题。

以上，就是故事的 4 个元素，这 4 个元素又可分为 17 部分，厘清作品的元素，创作者对于这个故事能不能成立就有更确定的认知，锚定整个故事，写下故事梗概。前面说过，创作剧本之前需要先写下 1500 字的故事梗概，这 1500 字的故事梗概并不是故事发展的顺序，而正是这 4 个元素，其更加实际的用途在于，任何项目的成立之初，就需要把故事梗概送审，这样项目才能确立。

剖析故事元素范例

既然是影视作品的元素,那么我们不妨以经典的案例来继续拆分剧本的 17 个部分,这里,我们以文牧野导演的《我不是药神》为例,来继续详细探讨剧本的 4 种元素。

■ 环境

《我不是药神》是一部非常工整的经典作品。首先,我们来看看环境元素。

时间

时间是按照创作者的心意而决定的,但是如何体现时间呢?有的创作者会在电影的开场直接写明年份,这种方法当然可以,但太冰冷了。

我们可以通过一些标志性的细节展现,而细节无非就是衣食住行四个方面,比如通信工具,这是一个非常有年代感的标志,当一个角色拿出大哥大时,观众就知道故事发生在 20 世纪 90 年代初;如果是诺基亚,那就是 2000 年前后。

创作者不要轻易地去写他不熟悉的年代，比如让一个"90后"作家去写 20 世纪 70 年代上山下乡的故事，除非创作者做过大量的调研，否则就会让故事极不可信，很多细节都会显示创作者对这个年代的陌生。因此，当创作者一定要创作陌生年代的故事时，必须事先做好事无巨细的历史调研，写出那个年代有标志性的细节。

既然故事发生在什么时候都可以，且又要保证真实性，那么把故事放在当下是最稳妥、最安全的方式，并且也无须寻找特定年代的场景，进一步节省成本。

此外，有的创作者喜欢架空朝代，但我是不提倡的，尽管这样可使作者的创作更自由更随性，但架空的时代总是脱离观众的，这样就使观众少了一个共情点、感知点。作为创作者，要把环境当作一个角色来写，把设计角色的那份认真细致也放到环境上，这样观众可以感知到创作者的那份用心。架空不需要任何调研，为了躲避审查避开一些真实的历史人物，属于有一点小聪明但放弃了更有价值的部分。

《我不是药神》讲述的是 20 世纪 90 年代上海的故事，这从开场的标志性细节就能看出来。另外，还有一个细节能体现，那就是程勇戴假发。很多观众对程勇的发型感到别扭，认为直接展现光头就好了。事实上，那个时代是没有人留光头的，一旦留了光头，就意味着放弃了自己的社会身份，所以程勇戴假发非常符合那个年代的特征。

空间与规则

空间一般分为大环境、小环境，大环境即整个宏观的世界，此外还必须呈现出角色所在的小环境，让观众感知主角是如何生活的，就这样规则也在空间的角度中体现出来。

在《我不是药神》中，大环境是 20 世纪 90 年代的上海，在改革开放的春风下，上海作为排头兵，经济发展迅猛。正因为经济非常发达，上海人民积极拥抱自主创业，产生出很多小个体户。同时，每个人都赚到了钞票，又掀起了一阵出国潮，这是整部电影的大环境。

在小环境上，程勇经营着男性保健品，与此同时他的前妻要跟着新的丈夫出国，程勇必须夺回孩子的抚养权，这是他面临的困境，总之，他苟活在那样的小环境里。

程勇所处的社会规则，是每个人都在拼命赚钱，追求美好生活。作品对年代的呈现是非常准确的，宾馆药店的布置，车辆住房的展现，这是作品对时空环境的要求。在这样的环境下，主角与苟活的小环境之间是妥协关系，这份妥协，正是为了要让他产生应激动作之后走出舒适区，就像在电影中，程勇一定会走出他的药店一样。

■ 人物

物理存在

所谓物理存在，简单来说就是这个角色实际长什么模样，处于什么样的状态。需要强调的是，物理存在在影视作品中要非常明确，很多创作者在写小说时，对主角描写有时是空白的，因为小说不必太具象人物的所有特征，留给观众一点想象的空间、共情空间和代入空间。但影视作品中对物理存在要相当清楚，落到最后，总会需要一个具体的演员来饰演。

当然，外形描述不是事无巨细的，身高、体重、胖瘦、模样这些是必要的，但是像耳朵的形状就没有特地再描述一下，除非是这个人物的典型特征，并且有推动故事的作用。

归根结底，是要书写这个人物的性魅力，也就是着重与他魅力相关的部分，用流行的话说，叫描绘主人公的"性张力"。

在日常的创作中，我们有更加便捷的方法，就是直接对照现实中的某人，甚至明星，在你脑海中排练的画面里，不妨就用真人替代。

在《我不是药神》中，程勇的物理存在是一个中年发福的大叔，不修边幅，邋里邋遢，在性魅力方面可以说寥寥无几，但这毕竟是要为故事服务的，因为他苟活于小环境之中，面临着巨大的人生变故。

社会地位

社会地位是一个人在现实生活中身份的集合，比如他的家庭生活、职业生活，在创作角色过程中，它是对角色真实性的有力支撑。

程勇的社会身份也是非常明确的，一个男性保健品店老板，一个离婚的男人，一个父亲，还是一个患有阿尔茨海默病老人的儿子，这四个社会身份集合在一起，角色就站住了。

缺陷原罪

在缺陷原罪方面，作品用一句话点了出来：程勇有家暴的历史。所以妻子离他而去、儿子离他而去，都是对这个人物的惩罚。

境遇刺激

因为程勇想把孩子争夺回来，就必须摆脱没钱的窘境，更让程勇无法接受的是，他的儿子马上就要被接到国外去了，他甚至因为这件事儿闹到了派出所。

应激动作

创作者为主角设计一个小环境、小空间，这是角色的舒适区，他可以在这里得过且过，创作者必须刺激主角走出舒适区，逼迫他做出应激的行为。

一般来说，这些都发生在作品的四分之一处，回想一下，当我们看到角色在开头的时候寄人篱下、被人欺负、唯唯诺诺，或者他本来是有能力的，但是受限于某种原因无法施展，抑或他知道某地有神秘的宝藏但他不愿去，总之，这也契合了观众的心理，与观众达成共情，希望角色走出安全区。因为在现实生活中，我们趋向保守，只肯用最小的动作解决问题，达成目标，而不愿生活产生翻天覆地的变化。那么在故事中，我们便希望角色以更可能大的动作去完成某事。

因为儿子即将远离自己的刺激，当有人告知程勇，如果去印度购买某种治疗白血病的仿制药带回来售卖的话，他可以挣一大笔钱，于是，程勇义无反顾地去做了，并且也能得到观众们的共情。这是主角和观众的共同抉择。

作品不断在加强对程勇做这件事的认可，可以归纳为三方面：

为什么是我？为什么我可以做这件事？为什么现在要做这件事？这三个问题是创作者必须回答的。为什么是程勇做这件事？因为他在上海售卖印度神油，在异地他乡有门路，可以顺利打通通道；为什么程勇要做这件事？因为他父亲养老院的住院费交不上了，房租也交不上了，更重要的是儿子马上就要被接走了，他必须有钱。当吕受益告诉他可以做这门挣钱的买卖时，他毫不犹豫地答应了。

■ 事件

核心悬念

因为某种特别的原因，主角需要走出小环境的舒适区，去完成一件不可能的任务，这是影视作品的核心悬念。因此，有些影视理论认为，电影故事的本质叫 mission impossible，即不可能完成的任务。

对于写实题材来说，这个任务是不用那么极端的，同时也不要让悬殊过于夸张，例如塑造一个完全没有任何功底的熊猫去当神龙大侠，迎战最强的敌人。

《我不是药神》就处理得很好，一个上海经营男性保健品店的中年人要开始走私违禁药物，听起来很不可思议，但同时又存在其合理性，也成为作品的核心悬念。

阻力对抗

主角是不可能顺利完成任务的，他会受到阻力对抗，这也成为事件的核心看点。对抗分别来自环境、对手及自身，也就是天时地利人和，主角一样都没有占到。

在《我不是药神》中，去印度贩药时的遭遇、回国时的海关都是环境的阻力，他的对手，是其他假药商贩及警察，最后，还有程勇自身的疏忽、狂妄和贪婪，都成为他自己的绊脚石。所以，创作者在构思阻力时，一定要将各个层面的阻力都考虑好。

转折变化

在所有故事环节中，转折变化是最难理解的。它是一个故事的腰，故事能不能立得住，就看腰好不好。

转折变化一般出现在故事的中间位置，往往是故事风向的变化，它既可以是主角目标的变化，也可以是认知的变化，从而让故事的风格和风向发生转变。

在《我不是药神》中，程勇最开始卖药的目的只有一个：赚钱，然后挽回家庭。但是在中间过程，他的思想发生了巨大转折，他意识到为什么妻子离开自己。不是因为他没钱，而是因为他是个不求上进、只会家暴的男人，本质上，是自己的罪恶招致的惩罚。

因为以上缺陷，他的认知发生变化，他决定卖药救人，哪怕赔钱也要卖。

在过去西方的影视教材中，有一种说法是找到主角的 want 和 need，前者是主角想要什么，后者是主角需要什么。在故事中，主角想要钱，但他需要的是做一个好人，因为程勇最核心的问题是解决家庭矛盾，他希望孩子可以留在身边。基于这两种视角，可以引申出 AB 故事理论：在一个剧本故事中，表面看到的为 A 故事，深层隐藏的是 B 故事。

《我不是药神》的表面故事，是一个上海小市民去印度走私仿制药品，最后成为富翁的故事；但深层次中，这是一个男人想要做一个有担当的好父亲、夺回孩子抚养权的故事。这是一个标准的故事格式。

代价

转折变化后，角色需要付出代价，很多教材又称之为牺牲，也就是主角在获得最终结果之前可能会有牺牲。

牺牲有一些特点，第一是有死亡气息，既有概念化的死亡，也有字面意思上有人死去。如果有些故事不适合出现死亡场景，那么需要创造死亡的气息，要么濒临死亡，要么是失去和生命等量的事物。

第二是母体重生，也就是角色在生命的低谷重回出生或上路的地方，幡然醒悟，重新出发，这样就不必以生命为代价。

第三是失去爱情，这是一种比较传统的处理方式，将爱情作为巨大的代价，通常出现在许多黑帮、武打片中。

在《我不是药神》中，代价是多重的，吕受益因人生无望自杀，黄毛命殒于车祸之中，昔日的销售团队分崩离析，而程勇的行为触犯了法律，获刑五年。

结果

程勇原本追求的是家人团聚，以为只要自己获得了金钱就可以拥有家人的尊敬和爱护。但在结局中，他的确获得了尊敬，但却不是他预想的那些人，其中甚至还包括曾经的对手。

■ 主题

主题，即话题范围，从正负两个方面呈现。

话题范围

尽管作品中没有人会讲这些大道理，但观众能感知电影想要传达的主题范围：金钱、家庭和正义。

负价值与正价值

例如：钱对于一个家庭来说不是最重要的，爱与信任才是；药不是用来赚钱的，而是用来救人的；从国家层面上加强社会对白血病人的保障，一个人是当不了神的，更何况用违法的手段走私仿制药，最终只有整个社会的努力才能拯救更多的人。所以，作品呈现的是范围，从钱和家庭的角度、药和病人的角度、国家和医疗的角度，作品不断地深挖主题，使其更加丰富。

成长

程勇在最终成了更加富有正义感、有爱心的人，社会层面上对待白血病患者也有更加健全的制度。

但大部分情况下，我并不建议创作者讲太明确的道理，尤其从社会、国家的层面，作为一个编剧，你无须下结论、讲道理，你只需要呈现，并且要从多方面、多维度地呈现。只要从主角的缺陷和原罪出发，让他在认知层面上有所成长即可。

我们以《我不是药神》这部作品为例，详细剖析了一个剧本故事所需的元素及其组成部分，有了这些元素，你的故事才会完整，让你在创作之初作品就能立得住，心里就有了底。将作品拆分、细化，填满之后就是你想要的故事，不会出现太大的偏差，之后就会进入剧本的打磨阶段了。

写 好 短 剧

chsrpter 04

开始创作

塑造剧本人物

■ **人物是被发现的,不是被创造的**

　　人物是剧本创作的重中之重,它并非凭空虚构而来,而是由一个角色所有的行动构成。因为剧本最终要成为影视剧,作为视听化的语言,我们对某个人物的印象都是看他做了什么事。

　　实际上我们在写人物时,一般说发现,而不是创作,这就像在真实生活中,你交往的朋友是你去探索和发现,而不是由你创造出来的。因为每个虚构的角色都要触及观众的内心,他的所思所想是创作者自己内心的投射。有一句话说,我们对世间最美好的、最纯洁的、最高尚的想象,以及我们对世间最险恶、最卑鄙、最无耻的想象,都源于自身内心的投射。因此,故事中每一个人物、每一次决策,都可以理解为是我们发现的。

■ **事件与人物相辅相成**

　　说到人物,很多创作者都有一个问题,那就是在设计剧本之初,究竟是先考虑事件还是人物?

事件和人物是相辅相成的，这就像是先有鸡还是先有蛋的问题。但从创作的角度来说，如果你写的故事是某个集中时间内的集中事件，比如《空中监狱》中的一次抢劫，《疾速追杀》中的一次复仇，那么往往是先设计事件；但如果你的剧本故事是人物成长型的，那么脑海里肯定是先有这个人物的形象。所以，这个问题是根据不同情况来考虑的。

有时候，在创作之前既不考虑事件也不考虑人物，而是其他要素，例如环境，有人想写唐朝时长安城里的故事，那么他首先需要调研唐朝的风俗人文；再如主题，有的创作者想写一个讽刺故事，揭露社会上某些丑恶的现象。所以，不论先考虑什么，只要能刺激创作者写出故事，那就是一个好的创作冲动。

■ **故事人物的特点**

因为人物是发现而不是创造，所以需要创作者对人性加强认知和想象，甚至要做一些刻意的练习。在此之前，我们要了解人物的特点。

有魅力

首先，故事中的人物往往要比真实世界中的人物更有魅力一些。这是因为影视作品需要观众全身心地投入，带领他们来一场心灵之旅。他们坐在荧幕前，在角色的指引下体验爱恨情仇、大江大河，让他们把自己也投射进去，角色就是他们幻想中的自己，因此演员通常都要比普通人更好看一些。其次，拍摄对于演员的身体素质要求是极高的，因此演员的饮食、运动都极其注意，身形方面也较普通人更优秀一些。因此，在外貌、身形上，故事中的人物都要比普通人更有魅力、有感染力一些。

有代表性

人物的第二个特点是有代表性，能代表某时代的某一类人，这样能使观众印象更为深刻，作品呈现得更为丰富。

有记忆点

第三个特点是有记忆点，与代表性所含的共性不同，记忆点是要求角色有自己的特点，存在新颖的设计，创作者不能顾此失彼，否则人物都是一样的容貌。

有能量

第四个特点是角色本身都是有能量的，因为创作者是在叙述角色的高光时刻，证明角色内包含能打动观众的能量。

■ 故事人物最重要的特质：共情

说一千、道一万，故事中的人物最重要的特质还是两个字：共情。故事带着观众经历一段旅行，而一个故事好不好，评判的标准就是观众入不入戏，不管这个故事是快乐的、悲痛的、煽情的还是恐怖的，只要观众有身临其境之感，那么它就是成功的。但如何让观众入戏呢？在很大程度上是人物承担了这个责任，他们与观众之间达成了共通的连接，他们代表了观众去做某些决定，或经历一段冒险和体验，这些都是获得了观众的许可。

但共情本身也是有差异的，尽管每个人都有人类共通的情感，但不同的人喜好和追求都不一样，性别、贫富乃至认知都有差距，这也会导致共情点不同。说到底，共情使我们在作品角色中找到自己的影子。从这一方面讲，小说在引导读者共情方面比电影更有优势，因为小说没有具体的画面，只有读者的自我脑补，参与感就更加强烈。所以，不论是小说还是影视，它是一面镜子，让观众在其中找到了自己的倒影。

创作者在设计角色共情点时，还要注意角色的距离和外在。比如，人会更加信赖自己的老乡，再如，在《哥斯拉大战金刚》中，观众会更偏向于金刚，只因金刚更像人类。

■ 共情的塑造方式

塑造角色共情的方式可以归纳为三个词：可怜、可信、可爱。

可怜

我们通常将其用在主角的描绘上。主角的生活通常一团糟，处境艰难，这就是可怜。例如《这个杀手不太冷》中，作为杀手的里昂，我们是很难共情的，但编剧是如何让观众和一个杀手共情呢？那就是里昂赚的钱全被经纪人克扣了，这就在某种程度上修正了杀手带来的恐惧，将他安置在不太妙的处境中。

可信

可信是让观众觉得角色是真实存在于世界上的，但在实际创作中，我们笔下的人物通常都是虚构出来的，即便存在原型，他们可能离我们很遥远。如何制造可信呢？一般来说就是给角色制造缺陷或爱好。比如，塑造一个可以拯救世界的超级英雄，超级英雄从根源上就难以让观众相信，但创作者可以为超级英雄塑造一些无伤大雅的缺陷，比如脾气暴躁、有强迫症等，这就让角色更加鲜活。

可爱

如何将角色设置得更可爱呢？前文提过，有一种影视创作叫"救猫咪"，也就是让主角在出场时做一些小善举，这就让角色有了可爱之处。记住，角色是其一切行动的总和。

此外，还有一些方法可以辅助补充主角的共情点或其他配角。例如，创造每个人都可能遇到过的境遇，假设主角上课要迟到了，他一边跑楼梯，一边在演练待会儿如何撒谎解释自己的迟到，这就能迅速与观众共通，因为大部分人也遇到过。

这种方法的极限是创造危险，因为境遇千变万化，但最有效的还是让角色遭遇危险，比如，当一个人被跟踪的时候，我们会本能地更共情他。另一种方法是创造技能，即让角色出场时展现某种技能或过人之处，可以迅速提升观众对他的好感。然后再制造反差，揭示角色不好的处境。

■ **深挖主角**

从商业的角度来说，主角一般是戏份最多的那个人；从选角的角度来说，主角一般是最好看的那个人。在过去影视创作没有那么规整、没有那么严格的年代，当一个演员选剧本时，看到开场、结尾都有自己的戏，那么就知道自己就是主角了。

主角的特质

但是从创作的角度来说，我们一般认为：主角是故事的主要线索、发展脉络，是主动解决问题、推动事件发展的那个人。因此，主角一般都有这样几个要求。

第一，主角要有主动力，他是解决问题的那个人。

第二，高潮戏、决战戏，都是依靠主角的力量。

第三，主角一定是观众共情最深的那个人，即便某些配角很讨人喜欢，但在某些阶段因为自身利益而跟主角目标不一致或背叛主角时，观众们依然跟主角站在一起。

第四，观众在欣赏作品时一般以主角的视角，尤其是在经典的线性叙事当中。

此外，创作者还有一个对主角的要求，就是设计的所有人物、所有故事线，都是为主角服务的，来帮助他克服困难、完成目标，最终获得成长，主角是所有设计的核心。在创作时，这些主角的特质一定要牢记于心。

主角的特点

第一，有原则性。主角一般都是有自己坚守和原则的人，国外的教材甚至会说主角是一个坚定的人，甚至坚定到固执。因为当一个人坚持某种原则或坚守某个事物，哪怕它没什么意义，观众都会非常佩服。古人也常教导人要有铁杵成针、愚公移山的精神。

第二，有欲望。即主角有明确想要拥有的东西，尽管在一开始主角可能还不知道如何填补自己的空缺，但在对抗中他会越来越明晰和清楚自己想要的。

第三，有防御机制。也就是当主角与环境格格不入时，他拥有一个"肥皂泡"，这是他不适应世界时一个暂时稳妥的办法。

第四，有创伤，这个创伤也是主角脆弱的那一面，或者是主角有令人羞耻的原罪，等等。

第五，有技能或长处，以此来平衡主角的创伤或原罪。

第六，有两难的抉择。主角在故事中必定不是一帆风顺的，他必定会陷入某种两难的境地，只有这样他才能认清自己，看清自己的欲望，更加坚守自己的原则，同时，他的防御机制被打碎，但这样才最终实现了成长。

第七，有成长，这也是我们最共情主角的部分，以主角的成长来呈现作品的主题。主题又分为正价值、负价值，这两种价值都体现在主角的成功与失败中。我们永远不要让主角喊出来："我终于想通啦！"而是要让主角的行动让观众知道——角色是行动的总和。

很多西方影视教材中，会将角色的成长称为"人物弧光"，有时甲方也会提问："这个人物的弧光在哪里？"成长一般是人物内在的成长，但它会外化成行动，比如某个角色是一个特别自私的人,但他最后成长为一个为了所有人牺牲自己的英雄,这就是人物弧光。在创作中,编剧要将弧光设计到极致,这样才能让人物更加饱满,让观众更加共情。此外,故事的叙述也会相对更清晰,格调更高,在商业上更加容易成功。在周星驰的很多作品中,都是将人物弧光设计到极致,从一个街头的小混混变成大英雄。

此外,还有一种主角是成长的催化剂,主角本身不成长,但他在故事中让别人成长,普度众生,例如《落叶归根》,其中的人物弧光有许多,但并不在主角身上,但通常主角会是一个非常坚定、有原则、认死理儿的人,就像老赵,既然答应了工友要将他带回家乡,那么一路上吃再多的苦、受再多的委屈、再怎么被欺负也要将他送回千里之外的家乡。

■ 塑造故事其他主要人物

剧本中,除了主角还有5~7个主要人物,他们可以被分为三类:对手、伙伴、爱人,此外就是其他人物了。

对手

其中最重要的主要角色无疑是对手,对手属于另一个维度的主角,只不过他的目标与主角相反,或者前期与主角一致但后期转变。如果对手的目标跟主角无关,那就称不上戏剧对抗;如果目标一致,且跟主角平分秋色,起着差不多的作用,那就是多主角。

很多人会误以为对手就是反派。事实上,对手和反派并不是一回事,并且反派也不是一个创作术语,在故事中,对手未必就是坏人。例如《我不是药神》中，程勇的对手是作为警察的曹斌，曹斌并非坏人，并且处处秉公执法、依法办事，但这样一个警察却是主角的对手。总之，反派属于对手，但不尽然。

创作对手的注意事项

第一，对手一定是一个人，或至少拥有人性，只有这样才能与之沟通。有人会疑惑，大部分怪兽片、恐怖片都有不通人性的怪兽、魔鬼和变态杀人狂，这怎么算呢？注意，这些并不是角色，而是一个环境，或者说前置条件。

第二，创作新人往往会把对手设置得特别愚蠢，认为这样写戏特别过瘾，让主角如砍瓜切菜般轻易地击败对手，制造爽感。实际上，这样的故事不会精彩，因为对手的智商一定程度上代表着主角的智商，所以他们也必须拥有高智商。这就是为什么之前观众们不喜欢一些所谓的"抗日神剧"，因为他们把对手塑造得太弱、太愚蠢了，反而让故事变得可笑。

第三，对手要提早出场。有的创作者会特地让对手在最终战才登场，但更好的处理方式是提前，甚至更早就要让观众知道主角的对手是谁，这样他的危险感、压迫感才更强烈，创作者的操作空间更大，甚至可以为对手设计更加缜密和明确的计划。比如《蜘蛛侠》电影中的章鱼博士、《复仇者联盟》中的灭霸，都有非常清晰的目的和有节奏的行动。通常主角都是在对手的最后关键一步阻止了他。

第四，对手一定要有自己的道理，能让目的和行动之间自圆其说，不能为了坏而坏，这样面对主角的对手会更有力量。有许多作品是将主角和对手设置成"双生花",即相知的两个人在不同的境遇下做出不同的选择,最后分道扬镳。对手越堕落,就越衬托主角的成长。记住,好的对手一定是主角的一面镜子。

第五,对手通常会有一些分身,战斗力会比主要对手弱一些,提前对手与主角进行对抗。不过,在一些现实题材中,我们很难塑造一个明确的对手,那么最简单的方式就是将对手拆分,尤其是在现实题材中,如果设置一个主角的对手,时时刻刻跟主角反着来,这种做法就太传统了。比如,在《我不是药神》中,程勇的对手不仅有警察,还有其他贩卖假药的商人、上海药监局、海关,等等。

爱人伙伴

伙伴,就是主角在行动过程中的帮手,也可称为同路人,他们不是主角,但会和主角共同协作。伙伴是为了丰富你的故事而设计的,通常是从主角中拆分,一种叫拆分优点优势,另一种叫拆分缺陷劣势,即把主角身上的某种优点和劣势放在另一个人身上,与其形成互补,如果是优势,则能刺激主角成长;如果是劣势,则能和主角共同成长。

有时,一些伙伴加入事件比较早,会给观众一种"双主角"的印象,这样也未为不可,此外,因为伙伴是主角的补充,那么在主角最终成长的高潮前,他们是可以被舍弃、离开、叛变乃至死去的,尤其死亡是最有力量的方式。

还有一种伙伴,叫作导师型伙伴,这是一种比较传统的提法,也有教材会把导师单独列出来。当然,在我的理解中,导师也是帮助主角成长的,是伙伴的一种,只不过这种单纯帮助主角成长的角色已经越来越少了。

在传统叙事中,在主角的行动线里会再增加一条感情。这是因为在最早有故事叙述的时代,世界处于男权社会,故事的大部分都是男性,在后来的商业化电影中,依然也是男性占主导地位,给男性配一个美人,片酬不用很多,印在海报上又那么赏心悦目,因此就这样延续下来。第二个考量是,反正主角是要成长、要舔舐伤口的,用爱情去让主角成长、成为主角的软肋,也未为不可,在这里,爱情承担了一部分伙伴的作用。

爱情叙事通常分为八步:相识、互补、互助、共谋、误会、决裂、患难、真情,经典的爱情电影例如《泰坦尼克号》就是按照这八步来明确推进的。这是一个爱情故事的完整写法,通常是在传统的爱情电影中,在这种类型中,男女皆为主角。

但我要强调的是,在现代的做法中,我们不采用游离于主线之外的纯爱写法,有代表性的例证即周星驰的《功夫》,黄圣依饰演的芳儿的戏份可谓寥寥无几,甚至比包租婆的戏份还要少,但她偏偏还是女主角。事实上,拍摄时有很多关于芳儿的桥段,但最终发现它无法与阿星的事件融合在一起,于是就都剪掉了。因此,在《功夫》的事件中,芳儿从头至尾没有参与,那是一个非常传统、老式的结构,将爱情线彻底排除。现在,这样的设定也越来越少了,我并不推荐初学者这样写,而是把爱人当作伙伴,甚至还能极端些,把爱人当作对手。总之,不要让爱情单列出来。

其他人物

除了上述 5 ~ 7 人的主要角色外,电影中还有一些其他人物,这群角色的写法很简单,就是让他们带着任务出场即可。

创作这些角色需要注意以下两点。

第一,既然这些是身负任务的工具人,有时候难免会过多,因此需要对这群角色进行同类合并,比如让某个角色出现在两场戏中,完成两个任务,这样既有前后呼应,也让戏更有张力。

第二,由于这些人物出场时间极短,因此创作者需要给他们很强的辨识度,在国外的教材中,称为"戴着眼罩登场",这并不是说要让这些角色真的戴个眼罩,而是要给他们一个有标志性的特点,穿着也好,发型也好,抑或身体状况、语言风格等。

喜剧人物

除了上述的主要人物,还有一些特殊的角色需要额外说明,例如喜剧人物。

喜剧人物既可以是主角、对手,也可以是爱人、伙伴,甚至其他人物。如何写出一个喜剧人物呢?我们的定义是:用最不保守的行动达成目标,也就是说喜剧人物本来可以直接做成一件事,但他偏偏要用另一种方式,俗话说:"脱裤子放屁。"也就是他们逻辑欠佳。这类角色有一个特点,就是观众对其的共情力偏弱。如果他只是个其他角色,那没什么问题,一部影视作品出现那么多人物,用喜剧人物去点缀一下无可厚非,只要不出戏就行。但如果是当作主角,创作者就需要平衡好共情和可信的成分了,这个尺度一定要拿捏好。

■ 人物小传和人物关系图

人物小传的作用

创建完角色，创作者还必须撰写人物小传，包括绘制人物关系图。实际上，人物小传就是作者对笔下人物的理解，既要精准地表达人物，也要有一定的可读性，条理清晰。

它主要有以下两方面的作用。

第一，如果你是大腕儿，制片方当然会完全相信你的剧本；但如果你只是一个普通的编剧，当你把剧本提交给甲方的时候，他们往往并没有那么多时间看完全部，那么他们的评估依据就是你的故事梗概、人物小传，从而判断这份剧本是否需要立项、可不可以投资。

第二，人物小传还可以给剧组指导，比如造型师、化妆师。因为这些人对人物的捕捉可能没有那么准确，但他们可以根据人物小传进行更加深刻的理解，从而设计更加匹配角色的服装、妆造和道具。对创作者而言，即便人物小传没有上述的两个作用，但在设计角色之前先对其简单勾勒一番，也并无任何坏处。

人物小传的"冰山法则"

有创作者为角色设计了一些前史，但并未在最终的作品中呈现出来，这很正常。人物小传有一个"冰山法则"，也就是说它只呈现人物的十分之一，还有十分之九的部分隐藏在人物内心之中。

例如，作品中某人经历了丧子之痛，他有一段非常痛苦的回忆，这是角色的前史，但是在作品中，可能仅仅体现在他和邻居小孩之间的微妙相处之上，比如，邻居小孩放学回家，但父母不在，外面又下着暴雨,他想来这个角色家中避雨。但他不愿意,因为他不想在一个空间内与孩子相处,这样就从侧面表达了他的前史。

反之,如果你在人物小传中写了许多关于角色的前史,却在正文事件中没有任何体现,那么这些前史都是多余的。总之,如果角色的前史对剧情有所推进、对人物塑造设定有所帮助,那么就是有用的。

尽管如此,在创作初期,我建议创作者可以尽可能地多写,然后在设计完事件之后,我们看看哪些是有用的,哪些是多余的,将其删掉即可。

人物小传的内容

第一,因为人物小传既要美观,又要有条理,所以人物小传要注意分段落。第一段可以先写人物的物理特征,也称之为外在特征,比如:模样、年龄、性别,外在特征注重的是角色是否有性张力、性魅力。第二段再描述人物的内在特征,比如:性格、软肋、执念等。第三段描述角色的社会属性,即他的身份,比如:父亲、邻居、教授等。第四段描述角色的价值体系,指他的信仰、阶级、受教育程度等。当这四个基本特征写完,也就基本上勾勒出一个大致的形象了,此时,创作者需要再给角色增添一个记忆点,比如:怪癖、口头禅、常用道具,这样让角色更加鲜活。

第二,人物前史。因为作品中的故事永远都是一个人物的某一阶段,在此之前,一些其他的故事塑造了他的性格和行为方式,所以他的经历也是很重要的,但那些不必在作品中具体拍摄出来,我更建议将前史放在人物小传中。

第三，人物小传落脚在人物的起始状态，比如他现在是贫穷还是富有，是落魄失意还是春风得意，等等。一个人物的状态、认知和身份是在不断变化的，因此在进入这部戏之前，我们一定要写明当观众认识他的时候他是怎么样的状态，建立最初的共情。如此，一个饱满的人物就描述完毕，这样一份人物小传，会给读者一种蓄力感，暗示着他将有一段不平凡的经历，这就是成功的。

下面以《我不是药神》中的程勇为例。

姓名：程勇。

物理特征：男，三十六七岁，一米七出头，身材微胖不修边幅。

内在特征：性格方面，性格暴躁但是遇强则弱，经常吹牛但是很难兑现。

社会属性：上海弄堂的小药店店主，失败的前夫、父亲、儿子。

价值体系：没受过什么教育，只想经营好自己的一亩三分地，保守、传统、爱钱。

其他记忆点：烟不离手，讲话夹杂着上海本地方言。

人物日记

除了人物小传以外，有一些创作者还会通过写作人物日记来加深自己和人物的连接。通常这种方法用在集中时间的故事之上，也就是事件发生在短短几天里，创作者会站在每一个角色的角度写下当天的日记，这也是一种方式，不过甲方通常不看。

人物关系图

人物关系图在剧本提案中通常也是刚需，因为人物小传只呈现了角色的形象，但还展示不了事件中角色之间的互动，尤其是在电视剧的剧本创作之中。如果短剧横跨了较长的时间，也需要制作一份人物关系图，这样才能从宏观上看到人物关系的缺失。

绘制人物关系图之前，创作者首先要找到圆心，即主角或主角团，然后再将爱人、伙伴和对手排布在主角周围，和主角或主角团形成两条线：一是关系线，即主角的具体伙伴关系，比如同学、同事、竞争关系等；二是作用线，即这些人对主角起到了什么帮助、引导或刺激。此外，关系并不是永恒的，比如主角的某个伙伴最后背叛了他，但我们依然以起始的状态优先，这样更能一目了然，方便读者看到你的角色和关系。

此外，还有些配角之间也存在着关系，但在人物关系之中，只用标注关系线即可，作用线就不用特定注明了。

把人物写活

人物是被发现的，而不是创作者凭空捏造的，这是每一个创作者需要牢记于心的。你笔下的人物，其实都源于你的内心、你的脑海，并且你曾经见过他们，下笔时，你只需要去挖掘。所以，创作者需要练习如何去塑造这些人物。

首先，唤醒记忆，寻找素材。大家一边阅读，一边按照如下文字去回忆这样一些人：

你曾经深爱过的人。

你曾经暗恋过但始终没有表白过的人。

你希望离你而去的人,在你的生活中消失。

你亲近的家人。

你讨厌的亲戚。

你仰慕的一个熟人。

你害怕的一个熟人。

你最喜欢的同学或同事。

你最讨厌的同学或同事。

最近和你有业务往来的人。

你印象中的邻居。

你不喜欢的保安。

对你有启发的长者或老师。

你身边一个可爱的小朋友。

你完全信赖的人。

你羡慕对方生活的人。

你有所亏欠的人。

你生活或工作中最大的竞争对手。

和你擦肩而过的陌生人。

最后一个,你最恨、希望他立刻死掉的人。

  闭上眼睛,慢慢回忆,放大你的情绪,如果没有特定的人,没关系,做一些夸张的处理,反正你不用将自己真实的感受告诉他。你会发现,其实你是一个内心特别丰富的人,为什么你会对这些人有这样的想法呢?事实上,那些就是你塑造的人,因为真实的他们并不是你想象中的那样,你仰慕的人,或许也有他阴暗龌龊的一面;你讨厌的人,也有他自己的闪光点。有了这一步,你就拥有了素材,对不同类型的人有了情感认知。

如何把人物写活呢?结合刚才回忆的人物,运用以下几种方法。

复合类型法

把刚才说的那些人合并在一起。或许有的在你的脑海中就是一个人,那么就再进行三合一、四合一的练习,强行合并。如果你不合并,你就没有办法去虚构人物。某个人也许是你最讨厌的人,也许是你最想让消失的那个人,但也有可能是你最羡慕其生活的那个人。总之,把他们拟合在一起,做到极致,这样,你就创造出一个更具有特点、切片的人。

压力下的变形法

依然是刚才那些人,把他们写在一张纸上,然后依次幻想在如下情形下,你们会如何相处。

你们一起去露营。
你们碰巧捡到一大笔钱。
你们被困在同一部坏了的电梯里。
你的狗咬伤了对方。
对方是你孩子的班主任。
对方是你老板的孩子或配偶。
和对方抢夺一艘即将沉没的船的最后一个救生圈。

你的熊猫血可以救对方。

你的一个致命把柄被对方掌握了。

你们一起被绑架了。

在上述情形下，你们的关系会发生变化吗？会有怎样的故事？尽可能地去想象。

我曾说过，主角和对手是镜面关系，是本体和倒影，像是一个枝头上的双生花。但为什么有人就可以称为主角，但有人就只能称为对手，甚至反派呢？这就是因为，每个人遇到的事情不一样，在不同的压力下，人就会变形。常言道，穷山恶水出刁民，又有人说，有钱的人更有修养和道德一些。如果把一个刁民和一个富豪扔在一座荒岛上，食物短缺，面对一块可以吃的食物，谁的吃相会更难看？这恐怕是一个未知数，因为每个人都会在压力之下变形。

人设交换法

例如，我先列举一些典型的社会身份：警察、跳广场舞的大妈、教导主任、黑帮老大、卖菜的小贩、企业家。你可以对这些身份做简单的素描，用简单的形容词来为他们写简单的人设，例如，一位热心肠的、爱管闲事的、说话嗓门很大的跳广场舞的大妈。完成这一步之后，请打乱这些人物的人设，把刚才写A人物的形容词安置在B人物上。

这种训练方式是创作上的常用手法，即打破我们对某些典型人物的刻板认知，而是将其做一些错位设置，写一些在传统认知之外又在情理之中的奇特记忆点。例如，警察通常都是沉稳、干练的，但是你却写了一位热心肠的、爱管闲事的、说话嗓门很大的警察，戏不就来了吗？对于这种设定，我们通常用在其他无关紧要的角色上，这样即便他短暂地出场，也能给观众留下深刻的印象。

设置剧本的四幕式结构

故事结构，是创作剧本的基础，当一个创作者了解了故事结构，对剧本创作算是正式入门。

■ 三幕式和四幕式的区别

传统影视教材中，对故事结构的构架是"三幕式"，这是源于古典舞台上的歌剧、喜剧、话剧等来划分的，为什么要这样划分呢？我认为是为了方便观众如厕，每半个小时让舞台故事进入"尿点"阶段，让故事的节奏不再那么紧张刺激，情节放缓下来。后来，电影传承了这种"三幕式"习惯，从内容上说，即建置、冲突、解决。建置，即建立和设置故事的背景、前提和人物基本情况，接下来产生冲突和对抗，最终解决这些问题。最初的电影胶卷15分钟一盘，同样也延续了在30分钟设置"尿点"，方便观众休息一下。

随着商业电影的发展及技术的提高，大众对电影情节的变化和节奏要求也越来越高，电影慢慢地演化成四幕式，因为观众看电影主要就是看冲突和对抗部分，那么它和第一、第三部分如果内容时长相等,那是不够的,因此将其分为两部分。一些教材在提及的时候,依然会说"三幕式",但会分为:第一幕、第二幕上、第二幕下、第三幕,这种提法实际上已经成了四幕。加上电影时长越来越长,冲突部分也越来越长。现在的电影因为方便院线排片,基本会限制在 2 小时内,在一部 110 分钟的电影中,建置和解决分别占 25 分钟,中间的对抗和冲突可以占据 60 分钟。但如果创作者想要让对抗冲突更加剧烈,可以再适当延长第二、三幕的时长,因此,四幕式的时长是不断变化的。至于短剧,观众不可能一口气看完,在更快的节奏、更多的信息量中,创作者更要知道如何分幕。

从舞台到电影,四幕式的结构都经过了充分的论证,可以留住观众,这源于西方。在东方的写作提法中,也有"起承转合"的概念,也为四幕。在这四幕中,第二、三幕都是对抗冲突,但第二幕是"假"冲突,第三幕是"真"冲突,这样不光是为了增加观赏度,也提高了作品的层次和内涵。

■ 第一幕:建立观众预期

尽管四幕式中第一、四幕时长占比较小,但给出的信息量却是相同的。因此,每一幕都有五方面的要求。

需要注意的是,在故事梗概中,也会写到相关的元素,但那是一个静态的故事。现在,我们是按照时间轴写故事,比如引入时间的维度,假设这是一部 110 分钟的电影,那么在前 25 分钟内,创作者需要将上述五个部分排布出来,最终它会形成一套完整的视听语言。所以,有些故事元素出现在结构中是必然的。

此外，这是每一幕的五个节拍，它们是按照时间发展的，并不代表五场戏，因为每一场戏可以交代的内容是多重的、复杂的，有的内容需要几场戏，而有的一场戏可以交代很多内容，不要机械地设置。

第一幕的要求包括：环境规则、主角登场、激励事件、外部目标和走出舒适区，以此五方面勾勒出故事的第一幕。

环境规则

环境和规则需要分开来看。环境即故事发生的时间、空间，规则是故事发生的社会和阶层的切片，它会奠定故事的氛围与基调。

需要强调的是，环境和规则两者之中至少有一个是我们熟悉的。比如，故事发生在地球之外的某外星球，那里的环境可以任凭创作者随意想象，他们使用什么交通工具、什么能源，可随意想象，因为谁也不知道。但是，创作者所设置的生活规则必须是观众所熟悉的，比如那里生活的物种也是以家庭为单位，遵循着尊老爱幼的美德，等等，否则那将是一个跟人类生活无关的故事。又或者，一些创作者将故事环境放在非常平淡的环境之中，但制定了一些非常特殊的规则，展现出社会不为人知的另一个切片，例如《鱿鱼游戏》。

另一个需要注意的是，环境和规则中还包含着故事的主题。尽管在故事元素中，它是在最后一部分，但在结构中，它必须在环境或规则之中体现，比如，故事的主题关于女权、爱情、金钱、阶层，那么环境和规则就包含着关于它们的设定。

主角登场

有时候主角和环境规则是同时交代的。主角登场时一般需要仪式感，也就是跟其他的角色不一样。承接着大环境，我们需要对主角的小环境进行塑造，这是他的保护壳，他的肥皂泡泡，他生活于其中，对大环境妥协。

接着，创作者使用"救猫咪"理论，给观众一个喜欢主角的理由，产生共情，使得他如何可爱、可怜、可信，他的技能，他身处的危险，他如何与世界格格不入，暗含着主角的不满。

激励事件

正因为格格不入，接下来的激励事件发生了，它戳破了主角的肥皂泡泡，放大了主角的不满，引发创伤。

激励事件可以分很多类型，正面的激励事件，我们称之为召唤，也就是有好事上门，比如哪里有一大笔宝藏，哪里可以赚一大笔钱，能解决当下的燃眉之急。

当然也有坏事，比如亲人遭遇绑架、遭遇栽赃陷害，主角一夜之间成为逃犯等。

值得注意的是，尤其是在召唤类的激励事件中，一定还要表现主角的拒绝，绝不能让主角被好事牵着鼻子走路，知道哪里有宝藏，就头也不回地上路了，反而要展现出主角的挣扎。负面的激励事件绝少出现拒绝，但并非没有。例如，一个老兵的女儿被绑架了，寻求警方的帮助，但出于种种原因警方无法解决，于是老兵只能凭借自己的本领，独自上路解救女儿。

外部目标

外部目标是主角解决第一个问题的合理方案，也就是说在这个阶段，主角和观众都认为应该这样做，才能解决当前的问题。

走出舒适区

在外部目标的指引下，主角走出了舒适区。在西方的教材中，这一部分叫踏上旅程，但我认为理解为走出舒适区会更为准确，它更像一个心理学的词汇，因为不是所有故事的主角都是真正踏上旅途去办一件事。

不管是踏上旅程还是走出舒适区，都需要一定的仪式感，并且有一件标志性的事件：痛打看门狗，或者说突破边界守卫，在踏上旅途的开端与人发生一个小小的冲突，代表主角斩断后路，走出舒适区的决绝，同时引发第一个小高潮，刺激观众情绪。

通常到这一阶段时，故事已经演绎了25分钟，主角离开家乡，踏上远方，或者承担种族的使命、鼓起勇气挑战恶龙，或者跟不靠谱的船长合作去远洋寻找爱人，总之，这里的画面将会引发观众强烈的情绪共振，陪伴主角一起走进下一篇章。

对于很多初次创作的写作者来说，由于第一幕需要交代很多信息，因此很容易写得非常无聊、漫长。我见过上万个新人剧本，大部分存在这两种问题，简而言之，就是又臭又长。不管创作者在第一幕需要明确哪些信息，都要记住一句话：事件主导。也就是说，在激励事件的引导下，如何把环境、规则、主角说明清楚，而不是毫无目的、亦步亦趋地写下年代、空间、人物。激励事件才是最刺激主角的，与此无关的全部都要剔除，减少第一幕的时长，尽快进入第二幕。

■ 第二幕：放大观众预期

主角踏上了征途，换句话说，就是进入了冲突之中，正文部分正式展开。第二幕的五个要求包括：奇遇红利、爱人伙伴、起始对手、阻力对抗、故事拐点。

奇遇红利

在第一幕的结尾，因为激励事件和外部目标，主角终于走出了舒适区，这让观众们悬起一颗心。之前说过，在真实的世界中，人们是趋向于保守的，希望以付出最小的代价获得结果，这是拖延症、懒惰的根源。但在观赏作品时，观众们期待主角激进，刺破守护自己的泡泡，生活发生惊天动地的变化。因此，创作者要给予阵痛的主角一些奖励，这就是第二幕的开端，因为在未知的旅途中，主角会有一段奇遇，享受一点红利。发展到这里，电影通常会采用一些蒙太奇的手法，搭配上背景音乐，展现出主角此刻的生活状态。例如在《菊次郎的夏天》中，正男踏上陌生的旅途寻找妈妈，此时的音乐是欢快的，正男在田里摘玉米，在河里洗澡，跟荷叶上的青蛙玩耍，这就是创作者兑现给正男的奖励。在有些教材中，管这一部分叫游戏时光，并且会将这一部分做成海报，因为它展现的往往是观众对电影的期待和想象。

爱人伙伴

如果是多主角故事，另一个主角就要在这里登场了，但如果不是，爱人、伙伴及其他配角也要依次现身。你可以理解为，爱人和伙伴是红利的延续，因为只有走出舒适区，主角才可能遇到这些人。如果故事需要一个导师型的角色，也要安排在这里，尽快让主角学习本领和技能。

起始对手

前两拍的故事和氛围都是欢乐轻松、积极向上的，到了第三部分，就要预设一些危险了，平衡前两部分。起始对手可出现也可不出现，但对手一定要把陷阱挖好，这样才能让主角进入对抗。

阻力对抗

当然，对抗也未必一定都是对手带来的，也有可能是环境、自身，在这里，既要展现主角的智慧、才华和战斗力，也要让他有一些比较冒险的判断，做出一些过激的行为，掉进对手的陷阱，这就来到了故事拐点，发展到这一步，似乎暂告一段落。

故事拐点

在有些教材中，会称之为虚假的胜利，抑或虚假的失败。事件看似完成了，但却是事与愿违的，到了作品中间，会出现巨大转折。

还是以《菊次郎的夏天》为例，正男的外部目标就是要寻找妈妈，在故事正中间，正男终于找到了妈妈，可他心碎地发现，妈妈根本不爱自己，也不要自己了。缺乏母爱、寻找母亲，让观众觉得多么合理的剧情,在这部分轰然倒塌,这就是虚假的胜利,因为正男根本没有解决自己缺乏母爱的问题,所以故事在这里就要进入拐点,或者说进入真正的冲突了。

■ 第三幕:引入转折和变化

假冲突很感染,也很激烈,甚至一度让观众认为这就是故事的主题部分,但商业电影却不这样,作品在中间部分引入重大转折,让故事更完整、更立体、更激烈,甚至更有格调。所以我需要再强调一遍,从假对抗转变为真对抗是故事的重中之重,是故事的"腰"——这就是故事的第三幕:真冲突。

这一幕的五个要求包括:调整目标、确认对手、冲突升级、首次对决、遭受重挫。

调整目标

在故事拐点之前,主角做了一件假冲突,我们坚信主角应该去完成的那件事没有达到最终的结果,或者解决不了真正的问题和缺失。所以第三幕的第一件事,就是要调整目标,重新解读缺失。

在《菊次郎的夏天》中,正男去陌生的爱知县寻找妈妈,我们一度认为找到妈妈就能解决正男的问题,但事实上并不是这样,到了中间我们回味过来,如果正男的妈妈真的爱自己,为什么不去找自己的儿子?那么,正男究竟需要什么呢?他需要爱,可是他为什么一定需要那个女人的爱呢?她只是一个在生物学上有所联系的陌生女人而已,他可以寻找朋友的爱、伙伴的爱,甚至还有自己的爱。所以,我们在电影中途重新解读了主角的缺失，因而调整目标。

确认对手

因为重新思考了主角的缺失，所以主题会在这里进一步升华，将其外化就是确认对手，再一次上演被召唤和拒绝召唤。

冲突升级

这一次的真冲突，会比假冲突更难，冲突遭遇的阻力、强度比上一次更大，紧迫性、危险性都要上一个台阶，甚至把主角逼到角落里，所以可以展现主角的打退堂鼓。当然，他最终一定会选择继续战斗，否则也不会有这个故事了，在极限的情况下，主角迎来了首次对决。

遭受重挫

在首次对决中，主角一定会以失败告终，但这里的失败会有两种处理方式。

第一种是因为主角并没有做好万全准备，毕竟他刚刚调整了目标，确认了对手，哪里有本事应对更加极端的情况呢？

第二种更常见，就是因为主角没有对抗这种级别对手的能力，所以他失败了。

这两种情况，都在观众的意料之中，可创作者的故事永远都要出乎观众的意料，这就非常考验其创作能力，需要再次制造意外，将主角打趴下，遭遇重挫。简单来说，重挫就是死亡，在传统故事中，这里一定是有死亡的，但不可能每一部作品都包含死亡，因此我们将这里称为死亡的气息，或者接近死亡。

在整个四幕剧中，这一段是最为剧烈的。比如，在《我不是药神》中，程勇因为走私药品赚到了钱，可他发现，钱根本无法解决他的问题，无法给他带来快乐。他的真正问题在于他是一个没有担当、不配为人父亲的男人。调整目标之后，他决定去救治那些病人，宁可赔钱，宁可冒着触犯法律的风险，在这一阶段，程勇遭遇的环境更加恶劣，冲突更加升级，就在这时，程勇的重要伙伴吕受益死亡，而他的死亡，其实也代表着主角的一部分死去，这就是主角遭遇的重挫。

■ 第四幕：兑现观众预期

故事讲到最后，终归是要解决的，落下帷幕，安放观众情绪。在第三幕的结尾，主角被打趴下，有的教材称为灵魂黑夜，文艺而又贴切。主角遭遇了至暗时刻，故事充满了死亡气息。

在第四幕，五部分包括：疗伤重生、解决方案、牺牲成长、最终决战、回到原点。

疗伤重生

主角倒下后，首先需要疗伤，甚至可以重生。重伤未必是肉体上的，也可以是精神上的。疗伤重生这一场很难得，这是在故事的下半场快节奏事件中为数不多的喘息和沉思。不管在多么激烈的作品中，都需要有这样沉思的时刻。

在传统电影中，这个位置通常伴随着爱情，前文说过，爱情在传统叙事中不占主线，只关乎成长，例如周星驰的《功夫》，芳儿全程不参与斧头帮和火云邪神的对战，但在阿星被打趴下的时刻，她给了他一根棒棒糖。但是，现在的电影已经绝少有这样的处理，而是将爱情放在主角团队中，作为伙伴的一员。有时候，一些伤痛是无法疗愈的，只能破茧重生，在一些带有神话色彩的作品中，主角会进入假死状态，重回母体，比如《阿凡达》。

解决方案

疗伤重生后，主角需要制订新的方案解决当下的危机，否则无非就是另一次碰壁。对于新的解决方案可以有很多处理，比如对老元素的重新解读，在《功夫》中，阿星打败火云邪神的最终招式，就是开头乞丐教授的如来神掌，也就是前文埋下的伏笔，此刻终于发力。

牺牲成长

有了新的解决方案，决战之前，主角会再次成长。因为此时已经接近尾声，主题如果还未点透就来不及了。主角的这次成长必须非常明显，关于他的认知、技能甚至形象都要彻底地颠覆过往。

最终决战

就这样，主角迎来了最终决战，需要注意的是，最终决战一定要加重主角的个人色彩，甚至要凸显他的英雄主义。比如，主角为师父报仇，师父曾教授过他一门武艺。因而在最终的决战中，主角既不用刀也不用枪，而是用师父教授的那门武艺击杀仇人。这不是必然选项，但是我的推荐选项。

回到原点

在结局中，大部分的故事会让主角重新回到原点，他经历过大风大浪、经历过生离死别，但又回到了最初的生活，《我不是药神》中，程勇坐牢回来之后继续卖他的印度神油；《功夫熊猫》中，熊猫当上了神龙大侠，拯救了世界，但依然回去卖面条，《楚门的世界》中，楚门依然礼貌地对这个世界说："以防今天我碰不到你了，所以我把今天的所有问安都跟你说：早安、午安、晚安。"这样会使故事更加圆满。当然，这依然不是必然的选项，是我的推荐选项，它会使故事变得更有格调一些——生活本来就是如此，经历过那么多事，我们依然是当初那个人，只不过心态不再一样了。

这就是故事的全部结构，四幕，每一幕五部分，分二十个节拍，并且通常是按照时间顺序发生的。如果是一部比较现代的商业化电影，基本按照这二十个节拍。但需要注意的是，这并不代表每一节拍只有一场戏。在之后观赏电影作品时，我们可以留心作品的结构，因为很多商业化电影就是短剧题材的经典来源，只不过在创作短剧剧本时，我们要更加留意对细节的把控。

■ 四幕式结构范例：《肖申克的救赎》

这里以影史最经典的影片《肖申克的救赎》为例。

这是一个困境类型的故事，确切地说，是困境故事中，人与制度对抗的类型，这种故事一般走向是主角对制度先顺从后对抗，这么传世的故事，其实也是按照四幕二十个节拍来叙述的。

作为一个含冤入狱的书生，主角安迪在险恶黑暗的监狱里生存，从开始的被欺辱，到后来逐渐如鱼得水，再到奋起反抗挣脱牢笼，层次非常清晰。

第一幕：建置阶段
故事的第一幕，展现主角的困境，以及主角萌发的第一个目标。

环境规则：法庭上主角安迪被冤枉，监狱里男二瑞德假释申请被驳回，交代了这个影片的环境的同时，也展现了规则的威严，同时也暗含故事的几个重要的主题：自由、罪恶、法律。

主角登场：新人入狱的场面是老狱友们的节日，甚至开起了赌局，主角作为赌局大热门，仪式感和期待感都拉满了。最终他的坚强让大家输了钱，但也留下了深刻的印象。

激励事件：作为文弱书生的安迪无法适应监狱生活，他被欺辱，甚至在洗澡的时候被骚扰。

外部目标：当前主角和观众心里最合理的解决方案是一致的，坚强起来，融入和适应这里的生活。

走出舒适区：安迪第一次和人交流，找瑞德买个小锤子，他要重拾以前的雕刻爱好，说明他要在这里好好生活下去。

第二幕：假冲突阶段
基于主角融入监狱生活这个外部目标，展开冲突对抗。

奇遇红利：监狱生活有自己运行的潜规则，有大把时间可以从事一些爱好和锻炼，但也总是被打被欺负。

爱人伙伴：主角认识了伙伴们，其中最重要的当然是瑞德，甚至在和男二的交谈中暗示了越狱的可能性。

起始对手：针对第一阶段目标，最大的对手是恶霸狱警和同性姐妹团，他们都经常欺负男主。

阻力对抗：男主利用自己的才学，赢得监狱长和狱警的信任，借他们的手教训了姐妹团。

故事拐点：男主在监狱里成为典狱长的文秘，已经没人敢欺负他了，获得了第一个目标的虚假胜利。

第三幕：真冲突阶段

融入监狱生活算什么胜利，真男人就要追求真自由。

调整目标：通过一次违规播放音乐，以及和瑞德的交谈，男主意识到自己最渴望的还是自由。

确认对手：如果要获取自由，常规的途径是证明自己无罪。而冒险的途径，那就是越狱了。这两件事情共同的对手都是典狱长，但影片这时候并没有明示。

冲突升级：证明自己无罪的机会来了，新狱友提供的证据可以帮助主角脱罪，主角奋力争取这次机会。

首次决战：最大的对手，监狱的典狱长不给他任何机会，关了他一个月的小黑屋。

遭受重挫：典狱长杀害了最后的证人，在死亡气息的笼罩下，追求自由的希望彻底破灭。

第四幕：解决阶段

逼到绝境的主角一定会拿出更好的解决方案。

疗伤重生：男主在男二面前忏悔了自己，并宣告自己的赎罪已经完成，主角的疗愈往往是在最重要的伙伴陪伴下完成的。

解决方案：老道具的重新解读，这次他要越狱了，用的正是十九年前的那把小锤子。

牺牲成长：大家担心主角要绳子是准备自杀，但这时候的主角已经无比坚强和坚定，他已经完成了蜕变。

最终决战：一个雨夜，安迪拿走了典狱长的黑色财产，通过下水道逃出了肖申克。

回到原点：安迪再次西装革履地回到了银行，回到了他最熟悉的生活环境，只是这次他已经不是当初那个人了，甚至名字都不一样了，他已经重生了。

写好剧本的每一场戏

■ 创作者需要具备的能力

好的创作者一定有四种能力：观察力、想象力、共情力、表达力。

他擅长观察生活，能迅速解读出一般人察觉不到的细节，比如某人的微表情，又如两人之间沉默但剑拔弩张的氛围，有些人拥有这方面的天赋，而有些人可能稍显迟钝。他也爱做白日梦，常常幻想自己中彩票了怎么办，穿越过去和另一个人结婚会怎样，等等。他能感受到他人的情感，想他人之所想，可以站在另一个人的角度去考虑问题，甚至严重到有讨好型人格，对自己的事儿反而没那么上心。至于表达力，并不是指这个人话多、聒噪，其实大部分创作者话并不多，而是擅长把故事和桥段完美化，比如说，创作者今天遇到了一件非常有趣的事情，为了要讲给一个人听，他甚至会去润色它、修改它，细节部分甚至夸大、虚构，只为了让这件事讲出来更加有趣，可以说是一种强迫症。有一个流行语叫"按头推荐"，就是指这个人喜欢什么一定要推荐给你，憋不住事儿。

可以说，不仅是编剧，任何艺术创作者都有这四种能力，或者至少三种，但一个人若不创作，这四种能力可以说都是缺点。在我年轻的时候，市面上流行成功学，教授一个成功人士都需要哪些条件和潜质。我惊恐地发现，我竟然一条都不符合，比如我第一次见人就掏心掏肺，眼里容不得沙子，不分场合地表达观点，更不研究人情世故。当时的我绝望地想，我可能永远无法获得世俗意义上的成功了。然而随着我在社会里打拼，我逐渐意识到，成功学并非绝对正确，而是在特定的时代、特定的环境下对成功人士的概括，并没有放之四海而皆准的成功定律。

如今，是互联网下个体崛起的时代，这在20世纪八九十年代是谁也想不到的，如今个体崛起的成功人士，并没有几十年前那些成功学中所说的特质，反而那些会成为缺点。比如，像我这种掏心掏肺为别人着想的人，居然可以在各个自媒体平台讲授关于编剧的理论和方法，好为人师是不对的，但它也可以是优点。

这也是我为什么鼓励大家创作剧本，对于出身普通家庭的创作者来说，快速改变自己生活状态的方式就是选择个体崛起的赛道，而在这个赛道中，娱乐业或者说影视行业又是非常有收益的行业，所以才有人来把持它，制造门槛，创作是我们突破这道门槛，打入行业内部、成功实现收益的核心工作。

■ 场是剧本的基本单位

前面对于剧本内容的阐述，不论是元素、类型还是结构，都是采用分类的方式去拆分解析，这似乎会让一些新人创作者误会，好像创作剧本是一件十分简单的事情，就连电影本身仿佛一丝不挂一般，非常明确地知道哪里是套路，主角下一步又将做什么，等等，宛如一切都是那么公式化。需要知道的是，任何学习都不会是舒适的，剧本并非那样简单，而是需要创作者下功夫，接下来，我们要探讨的场就是这样。

场，也叫场景，是影视作品的基本单位，是指在同一空间内或者连续时间内发生的故事场面的总和，空间和时间是我们定义一场戏的两个标准。它会具体到每一场戏、每一件事儿、每一次对抗，这就要求创作者不仅要有方法，还要有戏感。是的，单场戏很讲究戏感，我们看一个编辑是不是会写故事，就是看他的戏感，它不像剧本的元素、类型和结构那么具体，并略显抽象，需要动用创作者的创作经验，甚至是创作天赋。

我希望每个创作者开始培养自己的戏感，它需要时间的烘焙，需要不断地揣摩，并不能通过按部就班的方法轻易获得。

每一场戏有四个作用，分别是交代信息、推进剧情、增加张力和带来变化。之前关于剧本的元素和结构的剖析，是为了让创作者在创作时不迷路，大概知道接下来故事要如何发展，主角要做什么事儿。场的存在就是为了将其具体化。

通常来说，每一场戏都需要包含这四部分，倘若不完整，创作者应该考虑合并，因为在不到两个小时内讲述一个远超两小时的故事，创作者必须有所取舍，很多部分就不用排戏了。因此，如果某场没有完全体现这四个方面的内容，创作者就可以将其删掉或是合并，这对整个戏的紧凑度、精彩度是一件非常重要的事情。

■ 单场设计的思路

一场戏中的基本元素，包含环境、动作和对白。所有描述性的内容都可以理解为环境，有时候，环境中也包含着动作，比如，在某个工作区里，有人在开会，有人在奋笔疾书，有人在打电话，这些背景人物的动作也可归之为环境。除了这三种元素，其余的音乐、机位调度，原则上是不需要编剧考虑的，这些都是导演的工作，贸然加上这些可能还会引起导演的反感。

这里需要再次强调，凡是不能拍成画面的内容，一律不许出现在剧本上，特别是在设计单场戏的时候。记住，影视作品是视听语言，不能视听化的全部删除。比如这句话："老张正在给大家炒菜，颠勺颠得非常熟练，不愧是一位做过 30 年的老厨师。"如果这句话放在小说里是正确的，因为它交代了有效信息，但在剧本中，导演要如何拍出"不愧是一位做过 30 年的老厨师"这段话呢？拍不出来。有些创作者认为，这句话是为了形容厨师经验丰富，但更直观的方法是用厨师的动作就可以，所以，类似这种话包括任何不讲出来的心理活动，都是不可以出现在剧本之中的。

每一单场戏都有创作的一般思路，但首先需要明确的是，每一场戏都有独立的起承转合，也就是说，一个好的单场戏观众是可以单独看懂的，因为它就是一个小故事。

■ 单场创作的步骤

创作单场戏包含以下五个步骤。

确定任务

即创作者写这一场戏之前需要知道他要达成的目的，这是他必须装在心里的，比如交代某个信息，把某个剧情往前推进，把人物压力加重，或者引入什么新的转折变化。

设计事件

事件是为了达成某个任务，既可以是目标型的，也可以是困境型的，还可以是跟对手博弈型的。

设计对抗

有了任务，也有了事件，创作者就能设计对抗，看看双方的拉锯在哪里。

增加烈度

一般来说，把事件设计出来后，可能会流于平淡，因此我们要从各个方面来增加其烈度。

转折变化

也就是说每场戏不要单向进行，而是需要转折乃至意外的变化。

■ 单场创作的注意事项

第一，每场写完后，需要再掐头去尾，因为通常一场戏的开头和结尾，观众都能自行脑补，如果严格按照教科书的指导机械地去写一场戏，创作者都会不经意间写出很多无关紧要的内容，这就要求创作者去审视自己的文字。当然，这些都是理论，我非常建议每一位创作者要去实操，在具体的剧本创作中去体会什么是掐头去尾。

第二，由于单场戏是一个小故事，有自己的起承转合，这就导致创作者常常心里装着任务而忽略了人设。过分地按照上述步骤写剧本的创作者，很容易把每个人都写得一模一样，但事实上不同的角色会做出不同的选择，倘若创作者一时写得兴起而把人设写崩，就得不偿失了。

■ 单场戏的具体处理方法

在创作一场戏的时候，通常会用到一些具体的方法。

增加烈度法

在某个事件有了基础对抗以后，第一遍写作时会觉得劲儿不够大，或者说不够全面。这时，创作者需要刻意检查攻击源和攻击目标之间对抗力度够不够，或者够不够全面。

攻击源包含三方面：外部环境、对手和自己。外部环境可以是自然环境、社会环境，乃至大众的想法与态度，这都会对主角的反抗造成负面影响。至于对手对主角的攻击，可以是多方面的，比如肉体、精神、身份和缺陷。前文说过，主角一定是有缺失或原罪的，对手可以利用这一点来加剧他的心理创伤。关于身份，对手可以采用道德绑架的方式来限制主角的行动。此外，对手还可以攻击主角的技能、道具、伙伴、亲人等，最终影响了单场的任务，如此就能增加剧情的攻击烈度。

三角迂回法

还有一种比较行之有效的方法，叫作三角迂回法，可以直接引入转折和变化。

先确认需要表达的信息，例如想要展现主角很穷，与之相对应的是其抠门，所以大多创作者会围绕其吝啬小气做文章。这叫直线剧情，在剧作中我并不推荐，因为这样太寡淡，毫无惊喜。所以，我们可以采用迂回的方式，既然要展现主角的穷和抠门，但偏偏先写他很大方，然后再转变成假大方，最后体现出他的穷困。

例如，《夏洛特烦恼》的开头，潦倒的夏洛参加校花秋雅的婚礼，创作者想要通过这场戏来展现夏洛一塌糊涂的生活状态。但偏偏，编剧只展现夏洛穷大方的行为方式，接着再戳破，窘态百出，无地自容，最终他才会躲到厕所里，一拳砸向玻璃，重回1997年。这就给了我们一个很好的提示，写一个人的时候，不妨先反着来。

再举一个贴近生活的例子。如果要写一个单亲家庭的小女孩儿，过着贫苦的生活，用直线剧情，可能就会是这样：她哭闹着跟爸爸说，今天过生日，想去游乐园，想吃巧克力蛋糕，为什么别人都有而我没有？这样的处理方式，就太过于直接。如果采用三角迂回法来展现一个这样的女孩儿呢？我们不写她的哭闹，反写她的坚强和懂事：这天下着大雨，但父亲还在送外卖，因为小女孩儿无处可去，父亲只好带着她。她不哭不闹，甚至还帮助父亲做一点力所能及的活。这展现了女孩的坚强，但一味地坚强是不够的。爸爸要送一单生日蛋糕，穿着雨衣的小女孩蹲在电动车旁看着这一块蛋糕。原来今天是她的生日，可她爸爸忘记了。女孩看到别人精美的生日蛋糕，忍不住了，她想吹蜡烛，可今天滂沱大雨，根本点不了蜡烛，她只能跟爸爸说，可不可以尝一尝蛋糕上的那一小块巧克力……突出小女孩的脆弱与渴望。这样，一个生动的小女孩形象就清晰地展现在观众面前。

蒙太奇手法

这里再着重谈一谈一场戏的蒙太奇手法。之前说过，蒙太奇就是剪辑，不管是电影还是短剧，这种方法我建议最多不要超过两次。

展示蒙太奇的方式有很多，比如：

因果连接法，比如展现一个角色正在减肥，可以通过展示他跑步、健身、严格饮食的镜头，展现他整个训练的过程。

平行处理法，比如同一时间内展示每个人都在做什么，如有人看电视、有人打麻将、有人在卫生间里化妆等。

语言连接法，比如通过一个角色的口头阐述，依次展现他所说的内容，提到什么就拍摄什么。

道具连接法，采用同一个道具展现每个人的画面。

相似造型连接法，也就是通过两个外在形象相似的东西将画面连接在一起。

很多创作者很喜欢采用蒙太奇手法，但为什么我不提倡过多采用，尤其是在短剧里呢？很简单，因为这种拍摄手段太费钱，每一个画面都需要用到新的场景，而每一个场景展现的时间几乎就只有一秒，属于成本很高的拍摄手段。

闪回法

另外，我同样也不建议过多使用闪回戏。何谓闪回戏？也就是为了展现某个人物现在的情形，使用一些他过去的经历来帮助观众理解。比如，为了展现某人厨艺高超，闪回了他二十多年间在高档餐厅里掌勺的画面。但是，这些都是没用的信息，因为观众可以自行理解，他不可能出生就能做得一手好菜。为了提高短剧的点击率和黏性，这类闪回的画面我们尽量不要写。

静态戏

所谓静态戏，就是为了展现某人正在干什么，比如吃饭、喝咖啡、开车等，没有交代任何信息。静态戏在短剧中不要用，一场都没有最好。因为静态戏会让观众无聊，并且没有任何起承转合，对演员和拍摄成本要求非常高，得不偿失。所以，一切静态戏都可以删除。

对白创作技巧

■ 对白的定义

关于对白,很多创作者存在一个误区,认为对白是一个剧本的灵魂,是一个剧本最重要的部分,因此,创作者铆足了劲儿要写出生动的对白,要么俏皮,要么有深度,甚至还要有哲理,企图给观众们上一堂课。

对白的确重要,但远没有你想象的那么重要,这不是我说的,很多戏剧大师都说过这样的话,因为对白是水到渠成的事情。并且,也希望各位创作者牢记于心,写对白不是写哲理哲思,更不是喊口号,它只是剧情的辅助。

对白,严格来说是白,所谓白就是角色所说的语言,区别在于他诉说的对象。它包含三部分:对白、独白和旁白。

对白

对白是角色说给剧本中其他角色听的话,也就是常说的对话,也是作品中最为常见的,通常说的白直接指对白。

独白

独白是角色对自己说的话，通常反映了这个人的心理活动。严格来说，内心独白是小说的常用处理方式，舞台剧也会使用，因为它场景有限、手段有限，为了加速剧情的发展、信息的铺陈，它需要一些独白。但我们并不提倡影视作品中使用独白，因为它会打破第四堵墙，影响真实感，让观众出戏。情景喜剧是可以用的，因为喜剧是让人抽离的，它不需要观众共情，现实题材尽量避免。

旁白

旁白是对观众说的话，比如《一九四二》的开头与结尾，都用人声展现出原著小说的语言：1942年冬天，一场大旱让河南死了三百万人。这就属于旁白。旁白也会打破观众的第四堵墙，也会影响故事的真实感，但没有独白那么严重，因为旁白是不会一直使用的，一般来说只是在开场为了加速进戏，告诉观众时空环境。它毕竟只是叙述性语言，而影视是视听化语言，所以创作者不要太依赖旁白，尽量节制。至于旁白使用的人声究竟是角色声还是第三人声，则需要根据不同戏剧的情况区分对白，没有统一标准。

一些全球经典电影例如《肖申克的救赎》《了不起的盖茨比》《教父》等也是用了较多的旁白，这是可以理解的，因为它们都改编自全球畅销的经典小说，所以需要尊重原著，用旁白去弥补。

与旁白类似的呈现形式是字幕，在早年的古惑仔电影中，当某个重要角色出场时，旁白会写上字幕交代人物信息，这是某某某，身高多少，外号是什么。当然，这是因为作品大多改编自漫画，所以采用类似漫画的形式，作用等同于旁白。

作为一名初学者，我建议谨慎使用对白和旁白，专注写对白即可。

■ 对白创作要求

对白是水到渠成的补充

对白服务于剧情，是剧情自然生产出来的产物，甚至在很多影视教材中，关于对白的教学占比几乎为零，反而教授创作者如何写故事、制造悬念、做角色之间的拉锯和对抗。或许是因为本位主义，大部分成熟的创作者在构思完故事之后，认为角色们就应该理所应当地说出那些话来。这是各位编剧初学者需要提前知道的第一个要求。

简单直接，说人话

对白的创作要求是简单直接，也就是"说人话"，不要动不动就冒出成语，说排比句，吟一首诗歌，真实生活中一个人怎么说话，虚构世界中一个角色就应该怎么说话，台词不是创作者发挥文采、展现修辞的舞台。

不要因为台词而停滞剧情

此外，不要因为专注写台词而停滞剧情，影视故事是流动的，台词是服务剧情的，比如让两个角色坐在咖啡厅里，面对面说了三十个回合的台词，这种情况千万不要出现。初学者应当先写故事，再点缀台词。

永远充满情绪

对白的第四个要求是，要永远充满情绪，否则就会让人物垮掉，两个人物之间，至少要有一方是充满情绪的，或是愤怒或是怀疑或是喜悦，不然这场戏的台词基本就拉胯了。

对话是价值观的对抗

最后一个要求，台词永远是价值观的对抗，尤其是在电影和短剧中。比如为了完成一件事情，有的方式可能光明磊落，有的可能歪门邪道，更有甚者会伤及无辜，因此，不同角色为此产生分歧，体现出不同角色的价值观。

基于上述这些要求，一个创作者才能写出好的对话。

■ 个性化对白创作方法

尽管对白是服务于剧情的，但依然存在着方法辅助创作。

设置好场景

一场台词想要写好，前提是场景必须好。比如《无间道》中最为经典的天台戏，如果单独来看，两个人的台词似乎挺朴实的，但创作者先是布置好了场景，提前预设了两人的能量差，才能使最终的台词具有如此强大的能量。

台词要有声音

成熟的创作者在创作时，脑子里是有画面的，这也是剧本和小说之间最大的区别。当然,之前只强调了画面而忽略了声音,所以我必须再声明,角色说话不仅仅是纸面上的语言,而在脑海中有自己的声音,比如,他的声音是浑厚还是尖锐,口条利索不利索,是否带着哪个地方的口音,等等。总之,作为剧本的源代码作者,如果连编剧的脑海中都没有声音,就更别提导演和演员了。

先定潜台词

虽然台词要求简洁,但并非所有台词都要直来直去,因为有的角色内心并不是这样想的,但是,他一定让观众看出来自己的口是心非,如此台词更有力量,创作中,要先把潜台词写出来,然后在此基础上进行修饰。

注意能量的营造

比如,一场简单的对话戏,可以写成一场争论戏,甚至吵架,乃至信息错位。信息错位,也叫炸弹理论,角色之间信息不对等。姜文曾在一段关于什么是好对话的论述中举过一个例子,两个听力障碍者隔着一条河打招呼,但他们并不想让对方知道自己是听力障碍者。这人说:"你要去钓鱼吗?"那人说:"不是,我要钓鱼去。"这人说:"我还以为你要去钓鱼呢!"尽管这场对话提供的信息很少,但它充满了能量,因为这两人存在信息差,但偏偏观众处于上帝视角,知道这两人的目的和语言。这就是利用角色和观众之间信息不对等制造的有能量的对话,很多闻名的导演和编剧都擅长使用这种套路,但屡试不爽。在这种信息不对等之间,体现出角色的价值观,对于这两个听力障碍者而言,他们的价值观就是,不想让他人瞧不起自己。

让台词个性化

第五个方法是关于台词的个性化，这也是很多创作者很难做到的一件事，在故事中，不同的人说出来的话都像是一个人说的。如何让不同的角色说不同的话呢？传统的办法有两种：

一是记素材，看看不同的人说话的不同方式。

二是代入法，每一个角色找到一个原型。

但是在现在这样的时代，我更推荐让 AI 去处理，作为一个辅助工具，它可以更好地帮助我们让台词更加个性化，关于这部分如何处理，将在后文中详细描述。

■ 对白创作误区

另外，一些编剧初学者在写台词时会走入误区。

问答陷阱

很多初学者的剧本中会出现大段大段的"你问我答"，出现这种状况的原因在于创作者急于用台词给观众灌输大量的信息，而问答就是最快的方式。这也说明，创作者没有把精力用在场景上，只能用台词呈现，这是一定要避免的。

说教

创作者很想用台词传达出他本人的哲学思想。始终记住，台词是为剧情服务的，千万不要给观众上课。

回顾

前文说过，我并不推荐使用闪回的方式拍摄，对应到台词中，就是不要让角色说出大段大段回忆性的台词。这里给导演抛出难题，是否需要用画面去呈现？如果不用画面，那就更加枯燥无聊，因此，我不建议角色用台词回顾历史。

大量使用代词

比如你、我、他等，在日常说话中，代词的使用频率很低，但在写作的时候会变高，因为写作是没有指向性的。例如，日常生活中，在一个房间里，一个人会对另一个人说："帮我倒杯水。"因为房间里只有这两个人，所以他既不用说"你"也不用提他的名字。但写作的时候，创作者往往会忽略掉空间概念，他会写成："你帮我倒杯水。"如此加强指代，但这是没必要的。

大量使用关联词

例如因为、所以、总之、然而等，这类词也都尽量删除。因为写作时，创作者思维运转较慢，写永远没有说话快，说话有时是不用过脑子的，但创作者写台词时不断推敲，不断考虑这人应该怎样说话，所以他会不自觉地把逻辑关系看得很重，情不自禁地写出很多关联词出来，但日常生活我们都是不使用的。所以，在检查自己写的台词时，把上述词汇删除，会使得语言口语化许多。

使用无意义的标点符号

比如省略号、感叹号等，在剧本中全都不要使用，这是许多年轻人常犯的错误，省略号和感叹号在剧本中都属于无效的，不能让演员演出来，不能表达任何内容。

■ 喜剧对白

事实上，并没有一种对白叫喜剧对白，因为任何影视作品中都有让观众开怀大笑的时候，但很多创作者在写作时会给对白增加一点喜剧色彩，让对话更俏皮一些，因此这里展开讲一讲，因为让人会心一笑是有方法的。

从大类上说，喜剧可以分为搞笑和幽默，这两种喜剧没有哪一种更高级，只是方向不一样而已，它们虽然有区别，但界限不是很明显，是辩证统一的，并不需要创作者去区分。相对而言，搞笑依赖于情境，比如一个误会，更加看重创作者设计情境的能力，只要情境到位，搞笑的台词是水到渠成的；幽默则更看重共鸣，大多是讽刺某一现象或玩梗，仿佛把观众的心里话说出来。下面是几种喜剧对白的创作方法。

卖丑

搞笑的本质是让观众有优越感，而优越感又是人类的基础情感需求之一，例如脱口秀演员通常以展示自己的穷、丑等方式引发观众大笑。因此，第一种方法就是卖丑，扮演滑稽，这是最简单、最直接甚至最古老的方式，比如很早以前的小丑滑稽戏等，当然，他们是用肢体语言，语言也是可以卖丑的有效手段。

利用信息差

让观众站在上帝视角看着两人鸡同鸭讲，或者直接制造误会，都能让观众产生优越感，从而让故事搞笑。

讽刺

幽默的本质是让观众产生共鸣，比如让某个角色捉弄受贿的老师，观众也会觉得可笑，这是因为讽刺了某种现象，从而让故事和观众产生共情。通常，观众会会心一笑，而搞笑则是大笑。

玩梗

创作者还可以适当"玩梗"，谐音梗、语言梗乃至恶搞热词，都能产生幽默感。

写 好 短 剧

charpter 05

短剧创作指南

了解短剧

短剧属于故事，所以它需要讲故事的基本方法，无非是它与电影和电视剧略有差别而已。因此从这一部分开始，我们将着重了解短剧的特质。

■ **短剧的定义**

从故事层面上说，短剧并没有什么创新之处，它的题材都能在各种经典电影或商业大片中找到雏形。短剧的创新在于模式。

作为新生代的事物，短剧并没有一个学术上的定义，但我们要如何理解它呢？短剧的命名是相对于长剧而言的，当然它的短，指的是单集的时长，而不是总体的时长。所以，我们可以把短剧理解为单集时长很短、节奏更快的剧集形式。

好几年前，我就预言过未来会产生短剧这种形式的作品，这也是因为，在互联网时代下，随着各种短视频应用的兴起，人们越来越倾向于接收碎片化、快节奏的内容。有研究发现，由于开车的人需要经常快速处理某些突发的内容，因此他们的思维方式跟只走路的人是不一样的。开车尚且如此，与互联网内容捆绑如此之深的当代人处理信息的方式跟从前也大不相同。当然，这种对思维方式的修正并没有绝对的优劣之分，开车能带人更快地去往某地，却不能静静地欣赏沿途的风景，互联网对人类思维的改造亦如是。

早期，由于一卷胶片是 15 分钟，所以单集剧集和电影大多是 15 的倍数。后来等电视剧出现后，作为彼时的新媒体，电视剧对于节目内容的播放是固定排版的，几点播放电视剧、几点播放广告、几点播放新闻，等等，所以电视剧也被固定成 45 分钟一集，这样就能全球统一，跟集装箱和铁轨的尺寸一样，便于传播。因此，在很长的一段时间内，大家都默认电视剧一集包含片头片尾应该是 45 分钟。但是这种对于时长的规定，并没有什么科学的依据。后来，美国出现了大量 22 分钟一集的电视剧，这是因为制作组认为 45 分钟一集太长了，但又无法改变电视台的排版，因此将 45 分钟一分为二，做成 22 分钟一集的电视剧，中间插入广告。

互联网出现后，对于内容的排版不再受限于任何规定，观众想看什么就看什么，什么时候看都可以，在这样的情况下，如果只针对互联网平台生产影视作品，就不再有任何时长的限制了，因此，各类视频片方开始制作一系列单集时长各异的剧集，有 70 分钟一集的，也有 30 分钟一集的，根据本集讲述的内容而定。对于习惯接收碎片化内容的人来说，短剧的出现是必然趋势。

■ **短剧的分类**

我们可以通过几种维度将市场上大量的短剧进行分类。

通过屏幕展示可分为横屏短剧和竖屏短剧，目前，我们所说的短剧一般是竖屏短剧，适应的是手机的竖屏屏幕，且已经有超过 70% 的人通过移动终端看剧。此外，还有一些横屏短剧，通常是爱奇艺、优酷、腾讯和芒果 TV 这四家传统视频网站制作的，因为这些传统横屏影视剧出身的制片方依然坚守传统，通常每集在 5～10 分钟，可以理解为传统网剧的缩小版。

还可以通过制作平台划分，有些短剧是传统平台播放的，有些是短视频平台，有些是 APP 平台，其中既有专门为播放短剧而制作的，也有之前跟短剧完全无关的 APP，例如购物、交友等，靠短剧让用户停留。此外还有各类小程序平台也能播放短剧。

■ **短剧的盈利模式**

上述分类对于创作者来说并不重要，重要的是盈利模式，也就是说，无论你将来是要做编剧，还是要做制片、导演，甚至要开公司专门制作短剧，都需要了解短剧的盈利模式，知道短剧作品如何变现。

对于传统视频平台，盈利模式是承制，拍摄完短剧后交给平台播放。对其他平台来说，有两种模型，一种是免费，另一种是付费。

免费短剧

免费的短剧靠广告挣钱，比如看到某一集观众需要看广告，目前 APP 平台一般都是这种。

付费短剧

付费的短剧靠充值解锁，即前几集免费，后续需要收费，小程序平台大多是这种。由于短视频平台是大平台，免费和付费的情况都有。

广告植入短剧

免费短剧还有一种特殊的形式，即拍摄短剧时就已经有了各种品牌的植入和赞助，如此才能继续拍摄和投放。

需要强调的是，打广告的剧不要收费，收费的剧就不要打广告了，因为这两种剧集的体量差别太大。一部流行的免费短剧可以有上亿的播放量，收费的短剧也就几十万的播放量。目前，付费的短剧在市场的份额可以占到 500 亿元，加上免费和出海后份额更大。

■ 短剧区别于长剧的特点

极致性

不管什么戏，戏中的每个人，我们都要把他们演绎到极致。如果这个人是坏人，那就让他坏到丧心病狂；如果某人很惨，就让他惨到惨绝人寰。但在传统影视剧中，我们塑造一个人都是丰富立体的，绝不会出现一个纯粹的好人、坏人，哪怕描绘一个人的惨境，也会给他留有一丝温情。像短剧这样的塑造方式在传统长剧中是要遭到唾弃的，但由于短剧短平快的特点，没有那么多的时间和空间去娓娓道来，那就直接把人物、情绪推到极致、顶点，用流行话来说，就像是"发疯文学"。

统一性

也就是说在爽点的设置上，要做到全剧统一。因为每个人喜好不同，对爽点的敏感也不同，在流量平台大数据的推送下，会给不同的人推荐不同的爽点，比如有人喜欢两性，有人喜欢暴力，并且由于短剧的开头都是免费的，当用户买单之后，他发现后续内容的爽点居然和开头不一样，这就会引起反感。但是，这并不是说故事是一成不变的，而是要通过各种方式去营造同一种爽点，让情节不被束缚，做到全剧的统一。

稳定性

短剧虽然节奏快、变化多，但主线和主角都相对稳定，不会出现天翻地覆的变化，这与第二点有点类似，也就是用户在买单时什么样，后续也要保持相对稳定，不能突然变更。

■ 短剧编剧的甲方

作为编剧，我们还应该知道工作的甲方是谁。除了上述的短视频公司以外，还有网文、MCN、游戏和影视这四种机构在进军网剧市场。

网文公司

国内最早的短剧是由网文公司转型制作的。为了在短视频平台上给文字作品投流，他们委托视频拍摄团队将小说中的一些精彩片段拍摄出来，放在短视频平台上，出乎意料地发现这类短剧播放量十分惊人，于是转型做短剧赛道。对于网文公司来说，他们有故事内容，同时也累积了多年网文充值的经验，因此拍摄短剧得心应手。

MCN 机构

MCN 机构是指为内容创作者提供全方位服务的机构，孵化艺人与网红，为用户提供内容。因此，MCN 机构拥有优质的短剧拍摄演员，同时更擅长与品牌和广告合作，开拓商业机会，更多地开始转型做广告植入的免费短剧和付费短剧。

游戏公司

游戏公司虽然没有内容优势，但是更擅长投放引流，以及短剧和游戏的结合。

影视公司

这些企业虽然了解如何拍故事，但他们却不懂短剧的逻辑，无法降低成本，更不懂为什么竞争对手可以在如此之短的时间内拍摄完成，所以他们未必能竞争得过网文和 MCN 机构。

■ 付费短剧的特点

小程序发展势态最猛

目前，付费短剧主要集中在小程序上，也是大多数短剧创作者即将创作的类型，因为它发展势头最猛最迅速。

所谓小程序，就是挂载在某个 APP 上的小程序，当拍摄完一个短剧后,将它挂载在这个 APP 上进行收费。小程序本身是没有任何流量的,而 APP 是有用户留存的,所以当把小程序挂载在 APP 上后,需要去流量平台抓取流量,这个过程就叫投放。

一般的方式是剪出一段宣传片,或者是素材,内容是故事的高光时刻,放到大的流量平台做投放,比如抖音、百度、知乎等,感兴趣的观众点击之后就能跳转到小程序上免费观看几集,再之后弹出某个充值页面,提醒观众解锁后面的剧集需要付费。

设置充值卡点

从体量上说,短剧有三五十集的,也有一百来集的。三五十集的只有一个充值卡点,一百来集的会有多个充值卡点,这就是小程序付费短剧的基本逻辑。

制作周期短

对于一部 100 分钟的短剧,假设为 100 集,每集约 1 分钟,制作周期为七天到十天不等,预算几十万元,投放资金为两三百万元,二十四小时内就能回本。

运营模式健康

从商业的角度来说,这是一种比较健康的运营模式,因为中国传统影视一直有一个大弊端,从来没有直接面对大众,而是只面向电视台,当网络开始兴起变得百花齐放之时,电视台作为传统媒体就落寞了。当互联网影视媒体又开始集中到三四家时,短剧开始兴起,因为它们直面观众,让观众满意即可。一旦发现市场口碑不好,紧急停播，专注拍摄下一部戏就行，因为每部戏的制作成本也不高。

爽点优先

付费短剧和长剧最大的区别是爽点是否优先。一部剧要兼顾三个维度，分别是故事、审美和爽点。不同之处在于它们的优先级。传统长剧重视故事，审美次之，爽点最末。而付费短剧最重视爽点，因为只有爽点才会引导观众充值；然后才是审美，提升短剧的好感；故事反而最不重要，因为它只是一个载体。

■ 激发观众爽点

作为创作者，我们不能不考虑如何让消费者为短剧买单这件事。尽管这件事听起来格调不高，但事实就是如此，哪怕是电影导演、名角，都要想着如何让投资方满意、票房长虹，所以，这是创作者在写作时必须放在第一位考虑的。

观众为什么会充值？简单来说，用流行语就是"上头"，文雅的用词就是"冲动消费"。除了最基本的民生保障以外，任何消费都是冲动的，那么我们作为售卖故事的人，也要用故事作为商品激发用户的消费冲动，这就是"爽点"。

爽点分三个层面：动物级、人性级和审美级，是从人最基本到高级的需求划分。

动物级

动物级别的爽点包括生存、两性和暴力。

生存是人类最基本的，关乎生死的内容都让用户上头，比如各个国家的短视频平台中，最先涌现出来的都是吃播，因为吃饭是生存的必需。所以关乎生死的元素都可以激发观众的爽点，比如主角到了生死存亡之际，就最能引起用户揪心。

一旦生存得到保障，人类就重视两性需求，或者说繁殖需求，所谓"饱暖思淫欲"。从广义的角度理解，爱情、婚姻乃至社交，都属于这方面，这也是为什么短剧中会出现如此之多的赘婿、离婚等题材。

因为需要繁殖，所以需要征服，故而动物级的爽点还包括暴力。广义的暴力指人类能力的延伸与加强，比如，刀枪棍棒甚至手枪是手部力量的加强，能从极远的地方攻击敌人，望远镜是眼部的眼神，同理，摩托车、汽车乃至飞机都是腿部力量的延伸，这些都源于人类对自然的征服欲，希望自己变得强大，这也解释了为什么观众喜欢看武打、枪战、飙车等戏码，此外，还有一些特殊的暴力，比如"金手指"，即主角得到了某种强大的能力；比如金钱，主角中了彩票或继承家产、一夜暴富等。因此，我很推荐在短剧中有这方面的展示，甚至有的短剧会借一辆豪车出镜，让主角从车上下来。这种开头会极大地增加播放量，一定程度上让观众上头。我们潜意识中总以为这种镜头不属于暴力，但其实它也是的。

人性级

人性级别的爽点包括优势、归属和秩序。

人类是社会性动物，喜欢追求优势，但又不能像动物一样在暴力上武力征服对方，因此就要在阶层、地位和权利上比他人更高更强，换句话说，就是优越感。喜剧的爽感是包含在优势里的，以脱口秀为例，大部分脱口秀演员拿自己开涮，讲述自己的穷、丑，还有生活中的一系列窘迫，作为段子讲给观众，观众在不知不觉的优越感中就笑了。说到底，智慧和幽默在脱口秀表演中只是一个小辅助，其真正的目的是要让观众爽。

人性的第二爽点是归属，常见的归属包括：民族、家乡、国家、文化背景、信仰等。找到和自己一样的人群，会让观众有自豪感，比如哪个外国人喜欢我们的美食、奥运健儿在赛场上勇获金牌、国庆的大阅兵等，都能让观众热血沸腾、热泪盈眶。具体到短剧中，可以采用家族、门派等让观众产生归属感。

最后是秩序，字面理解即讲规矩。尽管有人不解，但它在游戏赛道上有极强的统治地位。前面说过，游戏和短剧其实是亲戚关系，因为游戏也要讲一个故事，但游戏的本质就是在设计秩序的回归，比如打麻将，将一团杂乱的手牌整理成有秩序的组合，会让人非常有成就感。短视频赛道也是如此，比如拍摄修理牛蹄、洗地毯、旧物翻新等都能吸引一大批观众。所以，短剧完全可以参考秩序回归的做法，比如集齐某些东西就能实现一个梦想。

审美级

除了人性方面，人类还有更高的追求：求知、效率和审美。

求知是获取信息，比如通过短剧讲述一个外人所不知的秘密。

由于人活在时间维度之中，对时间极其敏感，所以如果有什么内容可以帮助人类节省时间，他们是非常乐意的，比如一些短视频做一些总结盘点、解说精华之类的内容也能收获很多观看。

最后的审美，就是美丽、高雅等人类愿意欣赏的事物。

相对而言，这三者都是为用户提供好感，但很难让他们付费，此外，审美级的爽点相当有门槛，大部分人无法提供这方面的内容。

我们将动物级的爽点称为标准的充值区，因为观众愿意为这部分内容买单；审美级的爽点我们称为好感区，它们为用户提供好感，但很难吸引用户付费。中间的人性级则是复合区，既能引发用户好感，又能吸引他们支付。

了解到这些，我们就能解决一些问题，比如为什么游戏的市场远远大于影视？为什么那么多人愿意为游戏花钱？因为好的游戏集合了生存、社交、暴力、优势、归属、秩序乃至审美全部元素。好的短剧应该就像一款好的游戏一样，为用户提供这些爽点。

■ **保持观众黏性**

短剧的另一个特点是它的高黏性。黏性这种说法，在传统的电视剧行业中也有，指观众看完这一集后想看下一集，比如结尾反派举起手枪指向主角，他到底有没有扣动扳机呢？且听下回分解。这是一种比较传统的方式，电视剧之所以可以用，是因为它一集40多分钟，故事内容已经很丰富了。但短剧一集只有1分多钟，或者3~5分钟，总不能在每一集的结尾都使用悬念吧？所以，短剧让观众保持黏性的方式必须还要别的方法。

快节奏

一般来说，目前最常用的方式是快节奏，加速故事进展，让观众不知不觉间跟随故事进展。快节奏有两种方法：

一是加快信息节奏，让观众目不暇接，自然地往下看。

二是增加情绪节奏，也就是不断出现新情绪，比如：爽、甜、酥、虐、燃、恐等，通过制造这些情绪加强黏性。

尽管我不是特别推荐这些方法，但一般创作者还是需要使用，毕竟这是一部 100 分钟的作品。

营造观众期待

之前说过，所有的故事都是关乎期待的，营造一个期待，观众自然就有追索型的注意力。不管是营造悬念、反转还是每个场次的拍摄，都让观众产生可预期范围内的冲动，这些都是比纯粹地堆砌快节奏更好的办法。

使用新元素

由于短剧存在卡点充值的观看方式，所以创作者必须在这方面多做文章。比如使用新元素，在需要充值的地方引入新人物、新线索、新道具等，又如在案件难以推进的情况下，忽然出现了一个新的目击证人，用全新的意外情况吸引观众。

悬念和反转

悬念和反转需要用在不同的地方。先抛出悬念，再设置充值卡点，这很正常。

但反转不一样，因为观众从未预期，所以要在反转之后再设置卡点，这样才会让观众有一种耳目一新的感觉。

用出乎意料的方式兑现承诺

在兑现观众期待的时候，我们还要记住，以出乎观众意料的方式去兑现期待。之前在说到故事的结局时，我们也曾提到，解决是要在观众接受范围以内，但没有想到的方式。

在短剧中，由于会出现多个爽点，我们可以理解为每一个爽点都是一次暂时的结局，这就同样需要运用到创作结局的方法，用已知加上未知的方式去兑现我们给观众的期待。以上这些都是我们从讲故事的角度去保持观众黏性的方式，涉及许多故事创作的方法原理。

■ 破除写作短剧的羞耻感

作为编剧，创作短剧还有一个重要的阻力，那就是：羞耻感。

很多创作者认为，短剧格调不高，远远没有影院里播放的电影那么高级。但是，在本书的导论部分我就提过，一个创作的人一定要解放天性，破除自己的羞耻心。

有哪些会让人觉得羞耻呢？

羞于低俗

比如，有的创作者认为，性和暴力是羞耻的，这是他绝不会触碰的题材，但是这偏偏是人类最原始的需求。甚至有人认为，商业电影就是建立在性与暴力之上。我想说的是，这个世界没有所谓的低俗，亦没有所谓的高雅，而只有赤裸裸的逻辑与方法，真正的艺术家是不会考虑这些问题的，在他们眼中，只有凡夫俗子才觉得有些低俗，事实上性与暴力就跟人类需要吃饭、排泄一样。

羞于方法

有创作者认为，作为写故事的人，我们居然要讨论如何让观众充值观看，天啊，这也太羞耻了！事实上，我也曾说过，世上的一切都是有方法的，有人认为爱情那么神圣，不应该用所谓的方法，可的确存在一些手段可以让异性对你提升好感。爱情如是，赚钱如是，写故事更是如是。事实上，这个世界上很多人就是用方法赚钱的，尤其是靠自己的知识产权。

羞于赚钱

这也是最为严重的一种。刚刚我们提到了钱，这就会让一些创作者不自在，为什么一个教授写作艺术的老师要大谈特谈钱？每个人都爱钱，但不愿意去面对，在我这么多年见到的形形色色的人中，那些本来就有钱有势的人从不掩饰他们对于金钱的欲望，反之一些穷苦出身的人反而羞羞答答地提钱。

我们写故事、制作IP、做短剧，是普通人赚钱的大好机会，因为短剧是从底层发展出来的新事物，必然由我们这样的底层人去创作。

在进入短剧创作之前，希望各位创作者一定要解放天性，摆脱这些羞耻心的桎梏，做出真正赚钱的短剧。

短剧的开场戏

万事开头难，很多创作者的剧本迟迟无法下笔，是因为写不好开场戏。

在前面关于剧本结构的论述中，我们知道，剧本分为四幕，每一幕又分为五个元素。第一幕的第一个元素是环境规则，自然第一场戏就是要展示整个故事的环境规则。这么说不错，但创作毕竟不是公式化的，第一幕的五种元素并没有先后顺序之分，创作者是可以灵活调整的。所以，我们还要进阶性地来探讨一下，开场戏都有哪些方式。

■ 开场戏的作用

震慑观众

用专业术语来说，就是营造期待，为什么观众要坐下来花费时间看一个故事呢？自然是因为他们要验证期待。以往对于超级大片，反而对开场没有那么重视，因为观众知道这戏里有名角，好戏都在后头，所以倒也不在意。然而在网络世界的短剧里，对开场的要求比以前要高太多了，因为很多作品只有前面几分钟是免费的，如果不能顺利留下观众，他们很快就会关掉视频，根本不会为后续的内容买单。所以，网络内容在开场戏上下的功夫最深。

蓄力

为后续故事的展开做铺垫，不能单单只为了留人而留人。

■ 故事开场的方式

营造环境开场

这种开场方式最大的特点是稳，因为它符合人的基本需求，人活在世上，需要知道自己所处的位置，才能有安全感，就像一个昏迷的人醒来，问的第一句话都是："我在哪儿？"还有一些人患有幽闭恐惧症，这是因为他们切断了与环境的联系，所以才觉得恐惧。所以，环境开场是人的基本需求，但这里需要注意一下大和小的问题，创作者一定要把大环境和小环境都交代，前文说过，小环境即主角和大环境妥协相处的方式。这是最常规的开场方式，但掀不起什么大浪花，除非大小环境之间存在非常大的冲突。

用规则直接开场

规则，即社会的切片，或者说是故事环境中的特定规则、价值观等。比如，某古代小镇旁的湖里生活着一条蛟龙，小镇每年需要献祭一名少女给它，否则它将毁灭小镇。如果这个故事关乎这个规则，那么开场戏一定是关于它，比如在湖边将一名少女绑在船上，准备献祭给蛟龙。在这样的故事中，规则一般都比环境有趣，所以才能吸引观众。其后，主角才会进场，或者在下一场献祭时这条规则触及了主角的利益，挑战规则。这种开场，适用于强规则故事。不过，它也是比较传统的开场方式。

用主角的共情开场

通常是环境与规则都不那么特殊，因此不需要急着交代，那么就可以选择主角登场，交代他的共情，看到他的可怜、可爱、可信，先让观众爱上主角，产生共鸣，这种开场更适合人物成长型的故事。

用主角技能开场

展示主角的技能。严格来说，它不能单独作为一种分类，但它的确很重要，也很常用。例如，主角是一个功夫很高的人，那么开场戏就是他在客栈里救下一个被调戏的良家妇女。这样既能展示技能，又能共情，有很多好处，尤其是技能非常有观赏性。

用激励开场

当环境规则都很普通，主角也是一个无辜的小人物，没什么一技之长，确实没有任何留下观众的内容的话，不妨就用激励开场。因为激励永远不会无聊，永远会改变故事的走向，是改变主角生活状态轨迹的第一波冲击，例如主角中了彩票、全家被歹徒杀害、接受一个重要任务等，然后再交代上述的环境规则、主角共情。

热开场

热开场有时候是技能开场，但有时候主角根本不会功夫或者其他有观赏性的技能。尤其是在前 6 分钟免费观赏的短剧中，也用一场非常有观赏性的反派技能的热开场。但我并不提倡这种开场，开头的技能展示中，尽量还是要让主角技能先展示，哪怕它可能并不是发生在故事的开端。主角不参与的任何热场面，就不要用它开场了，这样并不蓄力，留人的效果也一般。

前史开场

故事通常是主角某一个阶段的经历，但故事的起源发生在前史之中，比如主角小时候的某个承诺、某段创伤，这就可以用来开场。前面说过，进入故事正文之后不要大段地回忆，否则会影响节奏，但在开场中，我们完全可以使用前史回忆，而且往往有奇效，比如用小朋友来演戏，往往会放大戏剧效果。

悬念开场

悬念开场并不是开场就提出问题，而是把后面的一场戏前置。当上述一切故事元素都没有必要在开场中交代时，创作者可以采用让故事中最大的悬念提前到开场，留下观众，比如 007 系列的电影通常都采用这种方式，并且作者无须再另写一个悬念。当然，这个悬念一定是最危险、最终抉择的时刻。

短剧的高潮戏

除了开场戏，高潮戏也是众多创作者容易写得比较乏力的戏份之一，而偏偏高潮戏又是一部戏最大的看点。高潮戏是第四幕的前半段，从疗伤重生开始，这是想出解决办法的前夜，蜕变之后，主角找到解决办法，通过新的成长，甚至伴随着牺牲，在最终决战之中取得胜利。这就是整段高潮戏。

观众知道主角最终一定会解决问题，但要如何解决？这是一个非常难的命题作文，因此还需要着重了解高潮戏的几个写法和原则。

■ **高潮戏的写法与原则**

解读和发现最初的道具

这往往也是最难处理的点。为什么之前主角在与对手的对战中败下阵来，却能在疗愈重生之后战胜对手？解决方法是既要满足观众的期待，即主角必定会战胜对手，但又要以观众预想不到的方式。因为在此之前，观众们已经享受了死亡的气息，已经接受了主角的失败，他们知道，主角一定是会笑到最后的。因此，创作者不要在结果上创新，而是一定要给观众们期待的结局，但一定要让他们出乎意料。比如，周星驰的《功夫》中，阿星和绝世高手火云邪神的对抗中，观众知道他最终一定会胜利，但要用什么方式呢？在电影的最后，他使用了电影最开头乞丐教授的如来神掌一招制敌，这是观众没有想到的，甚至颇有创意。不过对于创作者而言，这是基本的操作，这就是：解读最初的道具，或者说最初的技能。举一些简单的例子，如果主角是一个快递员，那么不管他最后遇到什么难题，一定是在电动车上和一群穿着同样制服的快递员一起解决的。也就是说，主角解决问题的最终方式，在开头就已经有了提示，他只需要重新解读和发现。

螺旋上升

高潮戏是以极快的节奏进行的，甚至有一个专门形容的词：螺旋上升，也就是说，当故事进入第四幕后，就没有慢节奏的戏了，如果都到了这一阶段还有主角在训练、学习新技能甚至拜师的情节，节奏就完全垮掉了。所以，高潮戏一定是要加快节奏，绝不能让观众的情绪放松下来。

兑现所有的伏笔和悬念

创作者设置的所有疑问，主角见过的所有奇怪的人、找到的奇怪线索，在这里全部解决、兑现。

再次意外

不管创作者如何设计，布下如何天罗地网，永远都可以再加一次意外，这是高潮戏的法则。

烈度拉满

也就是把所有的事情做到极致，调动观众的情绪，炸弹一定要在最后一秒被拆除，主角一定要在最危险的时刻绝地求生，不要怕慢，不要想着节制。

主角的选择

高潮戏中，主角必须自己解决问题，高潮戏就是他解决问题的行动，他可以有伙伴的帮助，但一定是由他本人主导。它包含着两层含义，首先，主角在高潮戏中依然存在选择问题，并且往往是关乎个人的问题；其次，主角在这里依然还有可以选择的空间。

实现主题

也就是把主题呈现得更加通透，这是伴随着高潮戏中主角的认知成长来实现的。不管是文戏还是武戏，主角的成长必须是明晰的，尽管在下半场主角已经开始成长，但是在高潮戏中，他完成了最后的蜕变，让观众肉眼可见他的变化。

以上就是作品高潮戏的七种方法和原则，以上是将故事抽象化的概括，如果想更加了解高潮戏的写法，可以多看看成功的商业大片中高潮戏是如何呈现的，这样才能更好地理解。

■ 高潮戏写法范例：《加勒比海盗》

以电影《加勒比海盗》为例。作为好莱坞最成功的商业片之一，它的高潮戏自然也是非常精彩的，我们来看一下这部电影用了哪些创作技法。

解决方案：男主最终打破对手的不死之身，用的就是最初的道具，那枚童年就跟随他的金币。

节奏加快：配合经典的配乐，气氛直接烘托至最高。

兑现了之前的伏笔和期待：宝藏、不死之身都是怎么回事？高潮戏中——解答。

再次意外：杰克船长也是不死之身，这谁能想到。

烈度拉满：甚至我们最爱的杰克船长都差点死掉。

主角的选择：主角选择了接受自己海盗的身份，从最厌恶海盗的人，到自己成为一名骄傲的海盗。

实现主题：不要被世俗的身份定义和束缚自己，要勇敢做自己，勇敢做自己认为对的选择，勇敢追求自己爱的人。

短剧的悬念

■ 悬念的定义

广义上说，电影、电视剧和短剧都是商业片，而悬念是商业片的生命线。悬念，字面上理解是悬而未决的念想，是指一个人牵着某个没有解决的事情，我们看到的所有商业大片，一定都是一件没有解决的事情：他追寻的目标到底成功了没有？他要找的人找到了没有？这对恋人最后有没有百年好合？这桩凶杀案的凶手到底是谁？这些都是我们写故事所利用的悬念。

但是，对于剧本故事来说，我们更愿意称之为：期待。这是一个更精准的概念。如果加上一个限定范围，那就是：可验证范围内的期待。也就是说，我们写剧本故事时所创造出来的悬念，是观众验证一个范围内的期待。我们所做的一切，都是服务观众，这种理念要进入我们每个人的心里。想把自己所知道的那一丁点哲学思想塞到故事里，这种想法永远都要不得。商业片的核心理念只有一个：服务观众，站在观众的角度看待问题。

可验证的范围是什么意思呢？制造一个悬念是简单的，比如写一个人冲到大街上像疯子一样撒泼，满大街的人都不明所以地看着他。制造这样的悬念是容易的，但没有太大的价值，因为它不可追溯，不在观众的期待范围之内。再如，短视频里经常播放钓鱼，鱼钩不断地下沉。这种视频也没什么营养，但是观众很容易把它看完，甚至对钓鱼不感兴趣的人也会看完：这是一条什么鱼？它有多大？为什么这么难拽？这是一个成功的悬念，因为它在可验证的范围内。这是一个比较简单的定义。

■ 悬念的要求和特征

参与感

在故事这条赛道上，不管写什么，都必须让观众参与进来。参与的方式有很多，一是共情性，观众愿意投入感情，基于此再营造悬念，这样就能保持观众的期待；二是代价，也就是这个悬念制造的结果需要极大的代价，这样观众也愿意跟进；三是无序，制造无序也能让观众更容易有参与感，比如集齐某些零件就能实现一个愿望，就是把无序转化为有序。

可能性

悬念不能让观众摸不着头脑，而是要有一定的指向性，这也是前面说过的"可验证范围内"的意思。而且，更好的悬念往往要给更多的可能性，比如在凶杀案中，通常会罗列三个犯罪嫌疑人，给每一个嫌疑人制造动机和手法，从而让观众更有兴趣。

未知性

悬念的本质就是利用未知性拴住观众，因为人都害怕失控，对于结果的未知往往令人恐惧。因此，营造悬念也往往从这里入手，给悬念营造一个危险的结局，要么关乎生死，要么关乎爱恨，使其未知充满压迫感。

未知性在悬念中是最为重要的，刚才说过，未知性就是利用失控，激发人想要知道结果的强迫症，但创作者也要拿捏尺度，不要制造夸张的未知性吓跑观众。

■ 如何让观众失控

一个故事的参与者包括讲述者、角色和观众。讲述者讲了一个故事，转变为视听语言，由角色讲述给观众。前面说过，故事是传播信息的高效能方式，也就是说，讲述者通过故事这个载体，将信息传达给观众。

那么，让观众失控的方法就很明朗了，即讲述者使用了某些方法，让信息流通不顺畅，或者说让观众产生了信息差，讲述者的信息量要大于角色和观众，让这两个参与者经历悬念。一般称之为常规悬念。因为它天然存在，讲述者的信息量一定大于观众，否则就没有这个故事了。对于创作者而言，这反而是最不重要的，因为这种常规悬念没劲儿。我们着重来谈的是角色和观众之间的信息差。

角色已知的信息量小于观众

这种情况叫作炸弹原理，比如，两个角色在饭店里吃饭，但他们不知道桌子底下有一枚正在倒计时的炸弹,但观众依然通过摄影视角知道了危险的存在,这就是角色的信息小于观众。如此观众就会产生期待,注意,这里的期待未必指期待好事,更是一种担心,他们担心角色安危,巴不得他们赶紧离开。制造了这样的悬念,观众的参与感也有了,并且这两者中必定有一者是主角,是能与观众达成共情的角色,这样观众的共情也就有了。想象一下,桌子底下的炸弹正在嘀嗒嘀嗒地倒计时,还剩 30 秒钟,反派借机离开饭店,企图用炸弹杀死主角。这时,主角的电话响了,他可以有机会出去接听这个电话,这又为走向提供了可能性,他要不要出去接听电话?炸弹还剩 20 秒钟了,主角依然浑然不觉……

角色已知的信息量大于观众

也就是讲述者传达给角色了,但没有传达给观众。比如,主角买了一束花,开心地往爱人家中走去。这时他收到一条短信,打开一看,瞬时眉头紧锁。他把花束扔到路边,在一旁的五金店里买了把斧头,继续前进。在这样的情况下,观众并不知道角色收到了什么信息,但它的危害很大,甚至关乎生死,因为他竟然扔掉了花束买了把斧头,通过这样的方式也能制造悬念。

通常,这两种方法更适合视听作品,而小说很难去营造,因为小说通常是创作者和观众的共创、共同想象。在上述两个案例中,全是通过拍摄角度去误导的:我们可以看到炸弹而角色看不到;角色看得到信息而观众看不到,这就是视听语言的魅力,也就更加方便创作者在剧本中使用,也更有力量。

短剧的反转

反转和悬念是两个完全不同的概念，但很多创作者喜欢使用反转，甚至觉得反转特别高级。这是一个需要矫正的观念，日常故事中，我们不要使用反转。

■ **反转的特点**

没有期待性

还是以钓鱼为例，鱼钩下沉，观众们期待着上钩的究竟是条什么鱼，甚至是不是别的神秘生物，这是悬念的期待性。但镜头一转，观众发现钓鱼的竟然是一只猩猩，这就是反转，因为观众根本不会提前预想钓鱼的是不是别的生物，而只能是人。

在可验证的范围之外

在可验证的范围之外，这样才能让观众大吃一惊。比如在上述的情境中，当镜头转过去，观众们发现钓鱼的是一位女性，尽管男人钓鱼居多，但女人钓鱼依然在可验证范围内，猩猩钓鱼才是在可验证范围外的。

一定程度上涉嫌戏弄观众

因为发生在情理之外，令观众意想不到，反转一定程度上涉嫌戏弄观众，这是反转的缺陷。

对于一个长故事来说，基于以上特性，反转一般只是作料，而绝不可多用。因为它不包含期待，因而对故事来说没什么作用，尤其是因为捉弄观众的嫌疑，反而引起反感。

■ **设置反转的方法**

基于此，设置反转通常有两种方法：一是误导，二是隐藏。也就是说，创作者故意误导或隐藏一个足以影响故事性质的关键信息，揭秘时，产生一个观众期待以外的、可验证范围以外的结果。反转并不难，但需要再次强调，除非是专门以反转为题材的作品，常规故事通常不要使用反转。

短剧的叙事视角

在悬念的设置上，视听影视作品的花样要比小说这种文字作品多，但是，影视与小说带给受众的是两种享受，因为小说的共情和参与感强于影视。除此以外，影视和小说在叙事视角上也有区别。

小说的叙述视角一般有两种，第一人称和第三人称。第一人称即是以"我"为视角讲述故事，第三人称则是作者站在客观和上帝视角讲述。不过，这两种的区别没有想象的那么大。第三人称也可描述心理活动，第一人称也可跳脱叙事角度讲述"我"看不到的那部分。

在影视作品中，由于摄像机的存在，它的视角要比小说复杂一点。起初，很多创作者写作多年，并没有研究过视角，但这并不耽误他写剧本。因为剧本是视听语言，脑子里出现什么画面，如实描述下来，凭借本能，追求真实，这就是对的。很多教材中并未涉及视角问题，只是因为这些年影视的发展，大家不再单纯地追求真实，而是一些其他影视作品带来的享受，这就造成了一些分类，开始有各种视角的区分。

一般来说，影视的视角分为全知视角和限制视角。

■ 全知视角

全知视角又可叫上帝视角，可以理解为小说的第三人称叙事，观众的视角就是造物主的视角，在画面中，他可以看到所有人的行为，哪怕反派的阴谋诡计，都能尽收眼底。全知视角也可理解为无视角，确实如此，既然是全知视角，那就是没有视角，因为没有出发点。全知视角的特点是全面、自由，想从哪里讲就从哪里讲，比较适合情况复杂、人物繁多的作品。

■ 限制视角

限制视角分为两种，一种是内视角，另一种是外视角。

内视角

即始终采用故事中某一角色的视角，以他为视角落脚点，它就像小说中的第一人称。它未必一定是主角，也可用配角的视角，例如《肖申克的救赎》就是这种方式。这种方式的特点是共情力较强，因为观众始终和这个人站在一起，知他所知、感他所感，他觉得不理解不明白的也会让观众们困惑，叙事比较流畅贯通，容易探究人性。通常，这种故事会有大量的心灵感受和独白，适合主角非常复杂且成长性较高的。正因为如此，主角以外的人就没什么看头了。并且，这类作品大多是小说改编的。

近几年，内视角逐渐变得多起来，这或许与游戏也有关系。近年来，许多射击类、探险类游戏都采用第一视角，画面永远只有主角可以看到的那一部分。这也影响了电影的叙事手段。

外视角

如果说全知视角可以看到每个人的行为，但不知道每个人的内心，而内视角可以看到一个人的成长史，看透他的内心，那么外视角相当于通过一个什么都不知道的人物视角去讲述一个人的故事。这个视角就是一部单纯的摄像机，它冷眼旁观，不做评论，没有内心独白，始终跟着一个人物，例如《摩登家庭》就是这样的叙事方式。这种叙事方式的优势在于冷静、客观，有点类似于伪纪录片。

以上视角的划分，各有各的优势，但我们并不以类型去判断什么电影应该使用什么叙事视角，一部电影也很难从头至尾只采用一种方式，更无必要。这就是为什么我说很多教材并不探讨视角，因为根本毫无必要。在具体的实践中，我们只需要锚定一个视角，然后扬长避短，发挥这种视角的优势，规避它的缺陷，综合运用。

短剧的创作公式

■ 爽剧

爽剧只是风格分类

短剧中最重要的一种风格叫爽剧。严格来说,爽剧并不是一种故事分类,但既然我们的创作内容是短剧,就要结合短剧本身的特点。爽剧可以理解为风格上的类型,也就是说,人物成长类、目标追寻类、摆脱困境类、愿望梦幻类、解密探案类,都可以是爽剧。

爽剧只是我们从风格上限制,它并没有科学的严谨定义。比如,《夏洛特烦恼》是一部愿望梦幻型作品,一般将其定位为喜剧,但是从风格上看,它的确又是一部典型的爽剧。

"爽"这个字可以追溯到网络文学。网络文学崛起时,大部分作品都带着幻想色彩,比如主角重生、穿越、获得金手指、一夜暴富等,网络文学加重了这些幻想色彩,带给读者爽感,也就有了"爽文"一说。

追求爽感是人类的天性

幻想,或者说意淫,自古有之,但互联网加强了文学的幻想色彩。为什么呢？抛开世俗的观念、大众的批判和道德的束缚，人类是喜欢爽感的，但在古代，受限于传播媒介的贫乏，大众难以接受这类作品，从中获取爽感。此外，从古至今，拥有话语权的上层阶级会不断地向下灌输"令人感到爽的东西通常有害"的观念，因为令人感到爽的资源是有限的，这样就会令大众产生观看爽的内容时有羞耻感。

因此，追求爽是人类天性，但觉得"爽有害"的观点是后天输出的道德负担枷锁，就像有人提出玩物丧志的概念，很多人觉得打游戏、纵情享乐都是不好的。但是，互联网出现以后，媒介变得极其丰富、便捷，受众自然而然地可以随意看到爽文。文字媒介放开之后，由于视频内容还在接受集中管理，爽剧要等到很多年后才能出现。

看爽剧的道德负担

爽剧是互联网产品，我们要考虑它的用户和使用场景。用户其实是普通大众，因为大家有着共通的人性：追求爽感。重点还是看使用场景。前面说过，看爽的内容会给人羞耻感，但互联网媒介让用户可以隐私观看，只要他不说，就谁也不知道。

在我小时候，20世纪90年代初的一个小县城内，看电影只能去镇上的碟片店里租借碟片，然后带回家观看。租借碟片并不便宜，所以我们小伙伴们一起集资。

通常，我们会一次性租借五部碟片，第一张一定是一部有李丽珍、舒淇、翁虹等人出演的电影，男主角一般是徐锦江、曹查理，并且这类电影通常都不会摆在外面，只能主动问老板。第二张我们会再租一张动作片,比如史泰龙的作品。第三张是古惑仔系列,第四张是周星驰的作品。是的,这四部都是爽片,哪怕是周星驰的喜剧,也能让观众从荣耀感、优势感中获取爽感。至于动作片、古惑仔等,都包含着暴力、归属等非常浓厚的爽点。所以说,我们到碟片店里租借影片,就是为了这四张。

最后一张,我们通常会借一部文艺片,因为那时我们已经知道什么是好电影。我们用塑料袋将碟片装好,将那部文艺片放在最外面,万一遇到熟人、朋友,文艺片可以帮助我们很好地打掩护。

我的青少年时期的真实故事,可以说很好地诠释了什么是爽感的道德负担。如今,在互联网时代,我们再也不需要什么去掩护观看记录,更不会因为暴露而羞耻。

爽剧创意的参考公式

爽剧的设计是有公式的,无论一部短剧怎样爽,它依然要跟观众共情。具体来说,它有很多套路化的剧情,按照前文动物级和人性级的爽点,可以举例很多。比如,主角从强大的敌人手下死里逃生;主角遭到恋人的鄙夷,分手后变得更加强大;主角一夜成名,碾压曾经看不起自己的人;主角惩罚坏人,甚至将敌人降伏作为自己的手下;主角落魄之时,受到高人指点,获得超能力,实现了以前的愿望,等等。以上题材,都是当下短剧市场中的主流题材。

付费短剧领域内有一种灵异片很受欢迎,按照爽点,灵异片又该属于哪一类?其实,灵异片的存在只是因为人类对神秘的敬畏。老子讲阴阳的平衡,万物皆有此道。比如,臭和香其实是融合的,龙涎香是鲸的结石,但居然能成为人类名贵的香料。鲜和腥也是统一的，鲜到了极致就是腥。同理，如果一个事物让人害怕到极致，就变成了敬畏。无论中外，都有人面蛇身的神仙存在，这是因为人类从骨子里害怕蛇这种生物，怕到极点，就变成了爱戴。在短剧市场中，用神秘的、超自然的故事来吸引观众，反而引起他们的敬畏，因而愿意为之付费。

爽剧作为互联网产品，是否一定会变得精品化呢？未必，因为短剧本身是它的产品形态决定的，它只可能会越来越百花齐放，在未来的影视作品中留有一席之地。

■ 喜剧

喜剧的定义与分类

所谓喜剧，同样也没有非常准确的定义。有人说，让人笑的作品就是喜剧，但笑也分很多种，哈哈大笑、会心一笑，还有尴尬的笑，所以肯定都是不一样的。

如前所说，我们可以将喜剧分为两种，一是搞笑，二是幽默。前者是观众突然降临的优越感，后者是智慧的认同和共情。如果真的要做一部喜剧，一定要让搞笑和幽默并存，且搞笑占80%，幽默占20%，因为幽默并不能让人真正地放松，所以要尽可能地搞笑。

所有的喜剧形式，包括相声、脱口秀、小品、电影、短剧等，让观众产生优越感的方式有两种：

一是让观众觉得自己比角色强，比如突出角色的丑、穷、弱等特点。

二是让观众和角色站在同一阵线，让他们觉得自己比作品中的另一个人强，角色和观众合谋嘲笑另一个人，比如脱口秀节目中常常也会吐槽他人，金·凯瑞和周星驰的很多作品也是如此。

幽默是第二种方法的变种，因为幽默是共鸣，而跟主角一起合谋看着另一个出丑的人，同样也是共鸣，其内核依然是优越感。所以搞笑和幽默并没有十分明晰的划分。当然，这种方式是存在风险的，不管是自我嘲讽还是揶揄他人，本质都有冒犯的含义，创作者一定要拿捏好尺寸。

除了搞笑和幽默的分类，还有将喜剧按照元素进行分类的。比如喜剧人物、喜剧动作、喜剧台词等。喜剧人物通常是行为阈值大于普通人的，也就是说跟这个社会格格不入，从而产生喜剧动作，以最大的行为实现最小的目标。这些都是在理论上对喜剧的概括与分类。

喜剧创意的参考公式

事实上，当我们真正开始创作喜剧的时候，这些理论和分类就没有那么明确了，因为大部分成功的喜剧电影是综合的，例如《夏洛特烦恼》，这部电影的雏形最初只是一个话剧，会由不同的演员轮番去不同城市巡演，在演出几百场后，不断地磨合、排练和演出会一直增加作品的笑料，并根据观众的反应适当调整。最终再将其拍摄成电影，这时你会发现，电影已然成了喜剧大全，它并不是专门的喜剧编剧专门创作的剧本，且集合了多种喜剧方式，非常全面。

结合理论，我们可以从诸多方面入手增加笑料：

在语言上，可以借鉴一些脱口秀的技巧，比如谐音梗、讽刺、模仿等设置台词笑点。

在动作上，可以使用夸张、发疯一类的行为。

但最重要的还是依靠情节来设计笑点，因为不论是台词还是动作都十分依赖演员的表演，有些演员已经深入人心，不论他说什么做什么都能让观众笑起来。

通常在影视作品中，如果不是单纯的滑稽戏，增加喜剧色彩的方式都是主角与观众合谋看他人出丑。如之前提到了利用信息差，除了可以用来制造悬念，也可以用来制造笑点。比如我们小时候喜欢在别人的背上贴一幅乌龟画，引发周围的人大笑，就是这一类。除此以外，还可以通过误会、讽刺、荒诞、冒犯、恶搞、巧合等增加情节上的笑点。

很多人认为，喜剧是天赋，的确如此，有些人天生就要比别人搞笑一些，但如果有心想要完成喜剧作品，它是有方法可循的，只不过许多人并没有经过专门的训练，所以有天赋的人才会脱颖而出。因此，创作者要了解人为什么会笑，笑的本质原因是什么，然后就会明白，其实搞笑也就那么回事，来来回回就那么几招，无论是脱口秀还是相声、小品，尽管情节不同，但套路都是一样的。

■ 章回体剧

章回体一词，其实源于小说，是我国古代小说中的一种分类。类比长剧，有一种叫连续剧，还有一种叫单元剧，所谓章回体短剧就是单元剧。这种形式在短剧中是非常特殊的，优缺点非常明显。

章回体短剧的优点

一是单集叙事完整，一集一个故事，像一部迷你电影，这会使观众的满足感很强。

二是章回体短剧可以频繁更换故事种类甚至风格，叙事灵活、自由。其缺点是牺牲了用户的黏性，这是短剧最重要的目标之一，在这方面章回体短剧是吃亏的。

在短剧的发展中，章回体短剧始终存在，在未来，它的市场份额可能也会持续提高，因为它的市场稳定。在长剧中，《武林外传》《爱情公寓》等都有特定的群体，且在不断扩大。因为在影视作品发展过程中，故事的叙事节奏加快，人们的代入感逐渐减小，黏性也逐渐减小。在一种黏性减小的作品中，章回体反而拥有它得天独厚的优势，占据巨大的市场份额。

章回体短剧只有两种题材是主流的，一种是喜剧，另一种是探案剧，或者说任务类，因为这两种剧后劲十足，可以弥补黏性低的缺点。

章回体喜剧

有些创作者会轻视喜剧，但喜剧带给人的力量是很强大的，极大地提高观众的多巴胺分泌，引导付费。

章回体喜剧又可以叫单元喜剧，过去有人把单元喜剧等同于情景喜剧，但其实并不对。情景喜剧出自美国，它的本质是栏目剧，即在舞台上搭建场景，演员在舞台表演，观众在台下观赏，同时有摄像机将其录制下来，剪辑成所谓的情景喜剧。

这种形式传到国内以后，就有了《我爱我家》这样的情景喜剧，但从审批角度来说，它从栏目剧衍生成电视剧，不符合国家管理，所以之后就再也没有情景喜剧了。我们后来看到的各种所谓的情景喜剧，其实都不纯正，因为它并不是舞台搭建，摄制组常常会去外景拍摄一些片段；拍摄现场也没有观众，我们听到的笑声都是后来剪辑拼贴进去的。但由于它脱胎自情景喜剧，所以场景也比较固定。

这类喜剧有一些特点，需要创作者提高注意。

一是这类喜剧不会出现单主角或双主角，而通常设置为4~6个。

二是为了控制成本，场景通常都在棚内，可以快速完成拍摄。由于主角较多且很固定，这类故事的场景通常都是可以容纳许多人的，比如家、办公室、客栈等，我们看过的情景喜剧不外乎这些地方。

三是不成长，不光人物不成长，人物关系也不会发展。因为单元喜剧有它本身的缺陷，为了扬长避短，创作者需要在有限的条件下增加观众黏性，那么他就只能采用不发展的人物和关系来吸引观众不断观看，比如这个人到底升职了没有？他们究竟在一起了没有？以不成长的悬念来吊住观众。

四是人物设置比较立体，也比较典型，一般会分为惹事型和平事型。因为每一集都需要有新故事，但又不能在每集里都有新角色降临，所以就必然有一个角色容易惹是生非，另一个人来平息麻烦。通常惹事的人往往是最出彩的，也是最受观众喜爱的，回想一下我们看过的中外情景喜剧，《爱情公寓》中的陆展博、《生活大爆炸》中的谢尔顿、《破产姐妹》中的卡洛琳，是不是都是这样的角色？

章回体探案剧

另一种探案类，严格来说是任务类，不能说占据一席之地，因为它更主流。根据相关的统计，美国观赏最多的单元剧就是这一类，主角大多为警察、侦探。

诚然，在国内很难拍摄探案类的影视作品，所以我们可以衍生出其他的形式，因而成为任务类，比如急诊室的故事、消防队的故事、编辑部的故事，这类故事每一集都有明确的任务驱动，非常过瘾，但对创作者来说是极大的挑战，因为需要编剧对行业有极其深刻的了解，需要大量的真实案件做参考，此外还要做各种采访，才能完成一集相对成熟和完整的剧情。

一般来说，这类作品会设定为一个强主角，或者两个相互弥补的主角，主角的技能和缺陷都会比较明显，但由于在单元剧中，他们没有太大的成长空间，所以人设非常极限，出场就非常成熟了。

这种单元剧还会存在一种尴尬，那就是事件的发起者往往会成为单集中的主角，而真正的主角参与感会特别弱，为了解决这个问题，创作者可以让主角牵扯到案件之中，比如让很多案件都冲着主角而来。或者还可以给双主角之间增加戏份，让两个主角分分合合，纷争不断，这样也不会让事件的发起者夺去太多的注意力。

除了这两种题材的章回体短剧，其他类型的就不建议各位创作者创作了，尤其是一些家长里短的题材，更不适合制作成章回体。

■ **感情戏**

感情戏永远都是市场最大的刚需，不管是甜蜜的、虐心的，都能吸引大量的观众。短剧发展的早期，很多从业者认为，如果短剧想要收费，必须是爽剧，那种虐心的感情、让观众痛哭流涕的作品怎么能吸引观众呢？但随着短剧的发展，结果出乎意料，这种故事居然大受欢迎，因为它夹杂着爽感和痛苦，不断拉扯观众的情绪。

创作感情戏之前，需要明确：不管爱情、友情还是亲情，逻辑上都是一样的，要让两个人之间的感情深深地刺激观众，让他们痛或者爽。戏是讲究对抗的，换到感情也是，并且永远都是。要让观众动情，就需要创作者花力气让他们认为这两个人必须在一起，他们那么般配，那么适合成为好友，是那么好的家人，但却要营造出他们不能在一起的环境与条件。总之，就是"需要在一起"和"不能在一起"之间的对抗。在有些教材中，称之为制造沟壑。

最传统，或者说最不高明的沟壑，就是创造一对特别相爱的恋人，哪怕付出生命的代价，他们也要在一起，然而由于小人作祟，各种反派横加阻拦、从中捣乱，这两人却又不能在一起。有许多经典作品可谓是这类沟壑的集大成者，作者永远能设置出连观众都无法跨越的沟壑，这对创作者来说是极大的挑战。因为沟壑是阻隔角色而不是观众的，一旦观众不买账，发现了其中的漏洞，作品就存在很大的问题。感情戏的核心就是整个沟壑，其中包含着对观众的道德绑架，只要让观众都认为他们不能在一起，沟壑就算成功了。

写好短剧

charpter 06

短剧创作入行变现

短剧创作的实操技巧

关于创作故事的原理和方法，在前面已经多有涉及。但除了写故事，编剧在工作中还会遇到一些其他的问题。我希望一个新人创作者在看完这本书之后，就能直接上手写完剧本，投放到市场中。因此，还需要再补充一些关于实操与变现方面的内容。

■ **制作提案**

创作完剧本，编剧会需要制作一份提案，提交给甲方。编剧的甲方，通常都是大型影视企业或平台，他们对任何影视项目的立案都需要召开选题会，只有通过之后，他们才会立项。因此，编剧的这份提案就相当重要，不管是资深编剧还是新手编剧，想要获取订单，都绕不开这件事情，除非已经有了非常稳定、成熟的合作者。

编剧的这份提案只关乎编剧应该研究的事情，而不是项目本身的提案，比如拍摄地点、资金投入、演员构想、拍摄时长等，这些都是导演组该做的事情。

编剧只负责自己的提案在甲方的选题会上通过、立案。这份提案，可以分为 8 个部分，提案人可以做成 PPT，也可直接形成

Word 文档。这 8 部分包括：标题、一句话故事、标签墙、人物小传、人物关系图、故事梗概、思想内涵和样章。

标题

也就是故事名字，能直接代表剧情，尤其是在短剧领域。负责的创作者可能会从不同的角度补充一些备选。

一句话故事

以最短的时间让甲方了解你写了什么故事。创作者创作故事时，脑子里装的是观众，牵着他们走下去。但在撰写提案时，脑子里应该装的是甲方。甲方在筛选提案时，一句话故事是最为重要的评判标准。有时候，甲方一天会过近 100 个提案，所以一句话故事尤为关键。

一句话故事要准确表达三部分：什么人在什么情况下做了一件什么事。情况可以是难题、诱惑、目标乃至困境。我们以已经上映过的商业片为案例，《我不是药神》：一个贩卖印度神油的中年商贩，在婚姻破裂、个人破产、走投无路的情况下，决定去印度走私治疗白血病的仿制药品；《夏洛特烦恼》：一个穷困潦倒的中年男人，意外穿越到了高中时期，他决定改写自己人生的爱情与事业，换一种活法。

标签墙

一句话故事写好了，成功引起甲方的注意，这样他才会看第三部分的内容：标签墙。这其实并不是影视行业的术语，可以理解为这部作品的关键词。尤其是在短剧中，它包含的热点元素肯定不止一个，短剧又十分依赖投放，甲方可以通过这些关键词去寻找对应的观众，比如：赘婿、离婚、复仇，这些是剧情上的关键词；另外还有时代方向的，比如：失业下岗、拆迁；还有爽点方向的，大多用在两性或暴力元素比较多的作品中。总之，不论是创作角度还是观众角度，它一定有吸睛的点，且不止一个，所以才称为标签墙。看完标签墙，甲方才会知道你的作品处于什么赛道，因为不同的甲方可能对某些特定赛道有投资计划。

人物小传
主要是勾勒主角、爱人、伙伴、对手。

人物关系图
如果人物关系比较复杂、人数较多，可以再画一个人物关系图。但在人物小传已经比较丰满的情况下，不画也可以。

故事梗概
一般为 1500 ~ 1800 字，按照环境、人物、时间和主题四大元素依次描写，连贯顺畅且要有一定的措辞，让甲方清楚故事整体的脉络、元素和强度。为何要对故事梗概如此刻板呢？因为一旦项目通过，甲方就需要去做规划备案，使用这份故事梗概。

思想内涵
甲方可能对此并不在意，但为了确保作品过审，创作者需要增加这部作品的思想内涵，一般要求为 300 字，主要内容是：主人公是谁，做了什么，通过这件事，他获得了什么成长，最后这个故事传达和表现了什么。尤其是在短剧中，创作者需要整理一个正向积极的主题方向。

样章

一般选 3 ~ 5 场戏即可。之所以要加在提案中，是因为前面的部分展示的都是创作的构思，假如你跟甲方没有那么熟悉，你需要在提案中展示你的完成度，具体可以选择一场开场戏，一场主要人物都在也能体现人物关系的文戏。为什么强调是文戏？因为武打场面很难体现编剧的水平，那些都是武术指导的工作，所以我很推荐文戏。总之，样章的作用是让甲方了解你的实力，知道你能把工作完成，这就是最后一道防线，突破了它，双方都会满意，甲方才能放心地把工作交给你。

■ **解决拖延症**

影视行业有句话：十个编剧九个拖。在我的日常工作观察中，的确如此，包括我自己也深受其害，在几年间深受拖延症的困扰。

想要解决拖延症，就需要对它有充分的认知，而不要因为觉得这是一种躲不过去的病症，从而彻底摆烂。也不要为拖延症寻找借口，认为是完美主义在作祟，一定要等到准备完全、充分调研、对这个故事成竹在胸之后才肯动笔，一出手就能写出完美作品。其实就是一个字：懒。因为真正的完美主义是在过程中不断修正和完善作品。

拖延症是人类天生自带的，创作领域更是重灾区。说一个人拖着不愿意做某事，是因为这件事延迟满足，而人类更愿意去做有及时正向反馈的事情，这是人类本性，并且依靠此我们活到了如今，所谓落袋为安。比如：打游戏、刷短视频，这些都能及时有效地帮助人类分泌多巴胺，享受及时的快乐，我们从不会因为某种借口而不做某事。哪怕某人已经玩了好几个小时的游戏、刷了好几个小时的短视频，身体那么疲惫，但他依然不肯放下。我们不愿意做的、能拖就拖的事情，大抵都是不能给我们及时、正面的反馈的，就像我们小时候不愿意学习，因为它那么漫长，要等到很多年后才会知道学习好与不好的结果。写剧本也是如此。只有当你坐在电影院里看到它上映的那一瞬间，你的多巴胺才会旺盛地分泌，它带来的快乐一定远超短视频。

既然拖延症是被写进基因里的，那我们是不是只能听天由命，不再反抗呢？当然不是，因为那只是动物性，而我们之所以为人，是因为还有社会性。社会性对人类的要求往往和动物性、丛林法则相反。在社会中，想要成功必须多折腾、多闯荡，绝不能躺平；而在自然中，想要活命就只能躲起来，不然就是"好奇害死猫"。而因为写作剧本带来的成就，包括钱、名声、流量，都属于社会属性，想要获得它们，你就必须战胜动物性，或者说驾驭动物性，直面人性。

知道拖延症的原理，我们可以针对性地来想一些应对之法。

奖励法

比如自己写完 2000 字，可以奖励自己玩会儿游戏；写完剧本，奖励自己旅行、买衣服等，通过这种自我奖励模拟正反馈。

拆解法

除了这件事没有及时的正向反馈，还说明它本身是一个复杂的大工程，一眼望不到头。事实上，任何有价值、有竞争力的事情，都是一个复杂的工作，所以我们必须学会面对。解决复杂工程最有效的方法，就是拆解它，做好计划。一部剧本有 5 万字，那么每天完成 2000 字，其实并不难，这样就能阶段性地完成目标。另外，我们要杜绝的是，不要一天疯狂地写很多字，然后又休息多天，如此就失去了它的稳定性。它的核心理念就是通过拆解工作，让我们不再恐惧这件事。

关闭干扰

除了不愿意面对这件事，我们还会遭受各种能及时反馈的事情的干扰，所以，一旦我们开始工作，那就关闭手机、关掉所有社交媒体，强迫自己几小时内都不要碰它。把自己关闭一段时间，潜心创作，这个世界不会停止转动，也不会有人因为找不到你而发疯。

10 分钟法则

这种方法在国内外都比较受推崇。当其他方法都不管用的时候，那就跟自己说，10 分钟总能坚持吧？那就写 10 分钟吧。这种方法的原理在于，当你开始动手，你会发现这件事也就那么回事儿，不要高估了它的难度，如此便能破除恐惧感，因为你已经直面了它。

从最喜欢的部分入手

这种方法和 10 分钟法则类似，或是可以一起使用。创作不可能一直痛苦，因为故事起源于你的冲动，当你构建这个世界的时候，你还是兴奋的，或者是写一段精彩对白，或者是构思了精妙的巧合，这些都会让你感到快乐。回想一下，写作过程中的快乐，不就来源于写出满意的文字？既然如此，那就从你最喜欢的片段开始写起，你为之冲动、疯狂过，写下来，再填充细节。

适当地寻找外驱力

像我们这种共情力很强的创作者，往往也是外驱力人格，意味着外驱力大于内驱力。当一件事某人盯着我们去做，或者是为了别人而做，反而会让我们自己更上心、更在意；反之如果我们只是为了自己，可能马马虎虎就行了，这是典型的缺乏自驱力。遇到这样的情况，我们不妨对症下药，找到一个外驱力，反而更有效。

找一个写作的搭档

也是实践中最有效的方法。你们两人都是创作者，都有拖延症，那就让你们成为彼此的外驱力，写不下去的时候，还可以共同商量，让对方来想想办法。这是一种很好的办法，我也见过许多双人组，或是夫妻，或是朋友，或是姐妹，两人的思路、水平和写作喜好都差不多。

这七种方法，其核心本质都在于补救创作剧本没有及时反馈的缺陷。但在创作圈，我们又能看到另一种现象，比如某些网文大神日更万字，难道他们没有拖延症吗？不，因为他们已经把写作当成打游戏、刷短视频了，在写作中找到兴奋和快乐，每当自己写出大转折、好情节，都能让自己无比激动。这也像一些所谓的工作狂，因为他们真的能从工作中找到及时的快感。所以，为了最终解决和治愈拖延症，希望每一位创作者都能找到这样的状态。

■ 利用 AI 辅助创作

AI 即人工智能，是目前每个领域都绕不开的技术革新，对创作领域而言尤为如此。事实上它已经出现很多年了，通过机器模拟人脑思维，我们将内容输入，然后命令它输出我们想要的东西。如今，AI 技术日渐成熟，并且与普通用户的距离越来越近，使用也越来越方便，所以各行各业都需要 AI 技术作为辅助。

作为普通的文字创作者，首先要意识到，AI 确实是一项很好的技术，比如它的效率、速度、想象力、知识广度、对细节的把控等，都是优势。以前的编剧如果想写探案类作品，需要调查各种卷宗、做采访，但有了 AI 之后，都能顺利解决。并且，它还能提供多种决策，让使用者在众多选择之中找到最合适的选项。

AI 模拟人脑，但总归只是工具，绝不能替代创作，它也存在诸多缺陷，比如连贯性、稳定性，对能量的耗费，输入和输出都存在上限，想让 AI 独立创作一部长篇故事，如今还是不可能的事。有些事它比人脑做得好，但有些事又远远不如，就像一个智商超级高的宝宝，能力很强，但它依然是一个宝宝，创作者需要教导它、引导它，耐心地告诉它自己想要什么，甚至得哄着它。

一项革新的工具不会让操作工具的人下岗，只会让拒绝新生事物的人下岗。所以，我们千万不要对其产生恐惧。

我们让 AI 做的事情，大部分都是非常复杂的工程，但不能直接将复杂的工程扔给它，而是要按照模块化的方式命令它完成；其次是指令，由于它是人工智能，有特定的指令才能完成精准的输出。针对剧本创作，使用 AI 我们有如下具体的方法：

指令法

或者说角色扮演法。首先告诉 AI 它是一个什么角色，比如一位资深的悬疑电影编剧；其次某某背景、以什么为目标；最后按照什么要求去写作一段文字。在这四部分中，可以把风格、画面、字数等都要求清楚，这样 AI 输出的文字才更准确。

对标法

如果指令不够明确，可以输入某段你心仪的文字，要求它按照类似的风格模仿一段。这样对标风格、画面等都非常容易。

理念交互法

由于 AI 是可以对话的，所以你可以把它当作一个人反复商量。比如当它完成了某段输出，可以要求它不断对刚才的结果进行调整，在交互中得到最终想要的内容。

章节创作法

虽然不能让 AI 输出完整的故事，但是可以让它一节一节、一章一章地完成输出，然后再结合刚才的方法去精细化调整。

扩写法

可以让 AI 首先生成一句话故事，或者故事创意，然后再要求它对此展开扩写，慢慢地从简短的内容扩充，变成一段相对较长、比较完整的故事。

真正指望 AI 一气呵成就能生成令你满意的内容是不现实的，创作者只能从局部入手，不断地交互，不断地下达命令，最终由你自己来决策。由于电影分为 4 幕，每一幕分为 5 个节拍，每个节拍写两三场，而这两三场内容应该是什么走向，创作者心中是非常清楚的，所以不妨以场为单位与 AI 沟通。在每一场中，创作者对其人设、人物、任务、对抗、看点等都是非常明晰的，只要把握好这些，再让 AI 进行设计，就可以了。尤其是某些细节方面，比如这场戏有年代感，发生于 20 世纪 80 年代，那个年代流行什么，人们的观念如何，AI 比我们更清楚，它甚至对当时有哪些品牌都了如指掌。

至于对白，对很多编剧来说很是头疼，尤其是对白的个性化、精准化往往都不能掌控。这个人是什么学历，来自哪里，喜欢说什么口头禅，这些情况 AI 比一位创作者更清楚。所以，越是具体到单场，你越能发现 AI 的强大，它会是非常得力的助手，它能创造任务、营造冲突、描绘环境、设计对白，但前提在于创作者一定要对故事的整体创作和逻辑非常熟悉，不要在大脑空白的情况下就妄图掌控 AI。

之前说过，编剧需要四种能力：观察力、共情力、表达力、想象力，但随着 AI 的出现，有很多能力 AI 都要比一般创作者做得更好，唯一剩下的就是共情力属于 AI 的缺乏。所以，如果你是一位特别有共情力的人，那么将 AI 作为辅助，你会是一位非常好的创作者，因为这是你唯一的优势，也是对创作者深刻的要求。除了创作，太强的共情力反而会沦为一种负担，因为它带来的是更多的伤害，天天为他人着想，忽略了自身。但有了 AI，反而大有可为，但前提在于懂得创作的方法，有了这些，才能更好地指挥 AI。

重视 AI，但不要过度依赖，同时它也能在一定程度上缓解拖延症。创作剧本，只要掌握方法，加上时间的积累，就可以写出好作品。

怎样进入短剧影视行业

■ **短剧的交付标准**

短剧的整体构成

除了如何讲好一个故事，在进入影视行业之后，你还需要知道一些其他的事情，比如短剧都是如何交付的。一般短剧的交付发生在成片之后，尽管我们只是一个编剧，但最好也要知道生产的全流程，以便我们在这个行业内发展，所以，不管你未来想做导演、制片人甚至影视公司的老板，都必须知道整体构成。

一部短剧的拍摄分为前期、中期、后期，前期由编剧完成剧本，中期是导演组和演员组完成拍摄，后期就是剪辑。相较于电影，它的周期要短许多，通常剧本完成可能就十天半个月，拍摄需要8天，后期剪辑15至20天。和电影类似，前期尚未进组的时候，作为这部戏的老板或者说项目经理，制片人需要召集编剧和导演做创意方面的工作，临近开机时，演员、美术指导、服化道相关的工作人员全部选定完毕。拍摄期间，制片组负责拍摄、场地、生活、统筹进度、安排角色、场记、灯光、美术、道具、化妆等。进入后期，剪辑组等负责配音、配乐、特效等。对于短剧来说，由于成本低，很多岗位都能合并，能省就省。

一般来说，剧组正常是以制片为中心的，制片人负责人员、生产、资金的管理。此外，也有以创作为中心制的，比如有的导演、演员或编剧成立公司或工作室，但这种情况也需要一个得力的制片人作为坚定的合作伙伴。

短剧的1分钟通常需要几千元的成本，150分钟的短剧整体需要30万到60万元不等。短剧上线后，回款周期是24小时，当然，这是指付费短剧，如果是定制短剧、广告短剧，那么拍摄前就已经回款。这是想要创业的从业者需要提前知道的。

短剧角色的要求

首先，对于角色的名字，根据很多甲方的要求，男频方面，男性角色一般需要使用接地气、大众化的名字，千万不要使用网络时代网文男主角的名字，尤其是复姓，比如令狐、东方、欧阳等。女频方面，女性角色建议多用叠字作为名字，萱萱、楚楚、圆圆等，因为短剧属于快消品，以好记为主。

其次，选角方面，不论是男频还是女频的角色，都需要好看但不能有攻击性，有邻家少男少女感。所谓攻击性长相，就是容貌过于锋利或艳丽。

再次，表演风格方面，演员需要情绪饱满、表情丰富、吐字清晰，甚至可以适当地夸张以符合人设。因为短剧一集只有1分多钟，最长也就4～5分钟，所以需要有爆发力，如果生气，就要演出火冒三丈之感；如果难过，一定要泪眼盈盈，演员不要隐忍，不要循序渐进。

最后，角色的长相还要符合他的人设，比如某人饰演的是坏人，就要一眼看出他是坏人。

短剧的剪辑特点

剪辑方面，短剧切换要快，运用多种剪辑方法。因为短剧制作成本低，拍摄素材量有限，尤其是机位、场地等，导致画面场景和镜头比较单一，这时就需要通过比较花哨的剪辑来弥补缺陷，甚至要用一些短视频的剪辑方法，因为它们都是竖屏的。因此，节奏要快，多用手法，追求刺激，寻找创新，切忌四平八稳，配乐和音效方面也要丰富。

和电影不同，短剧可以适当采用夸张式的字幕，比如某人出场后，可以用漫画式的分割介绍他的名字、身份乃至技能等。同时，可以适当使用一些美颜功能，因为短剧的演员在容貌方面肯定无法与传统演员相比。

除了短剧，还有一些物料需要交付，包括成片声音、画质、海报、字幕、片头片尾等，这些内容在甲方公司都有比较约定俗成的标准。

如何进入行业

短剧的市场需求大，且行业不饱和，缺乏创作的编剧，所以，这是一条非常好的赛道。一只脚踏进了短剧编剧的市场，也意味着我们正式踏进了娱乐圈，需要规划好我们的职业生涯。故事创作的领域永远是朝阳产业，因为人永远都需要讲故事、听故事。那么，创作者要如何进入这个行业呢？

应聘

如果谋求稳定，我们可以应聘，选择相应的制作短剧影视公司。这与每个人所处的地方相关，如果在县城生活，可能就没有专门拍摄短剧的公司。以往，影视公司集中在北京，少部分在上海，一部分制作公司散落在横店。现在，短剧行业发展火热，几乎每个省都有相关企业，并且呈现出大中心趋势，例如长沙、青岛、西安、重庆、广州，更不要说北京、上海和杭州了。因此，如果想要做全职编剧的话，这些地域是一定需要考虑的。

确定好地域，然后准备好简历。这时，你需要判断自己想入职公司还是工作室。这两种各有各的优势。大公司有稳定的项目，一年可以拍摄几十部戏，并且很容易接触到头部资源，但往往你成长较慢，一般只负责一件事或某个环境，很难纵览全局。反之，如果是一个工作室，它不稳定，也没那么多戏，但你需要负责很多事情，能接触全流程，学习很快。

投稿

此外，也有创作者想自由创作，或者把创作当作副业，如果没有稳定的合作方，那么可以投稿，比如一些比赛型、平台型等。一些创作者担心骗稿的情况，这在短剧行业内目前尚不存在，但洗稿是有可能的。有了长期合作的甲方后，编剧可以选择接订单，按照他们的要求制作剧本，这时都能比较驾轻就熟地创作了。

签约合同的注意事项

不管是投稿还是接订单，都涉及合同问题。

首先是片酬，如果是新人编剧，一般片酬在 1.5 万～6 万元。如果有过成功的案例，只会更高，根据实际情况和甲方谈判。另外，付款批次，因为甲方支付稿酬通常不是一次性付清，而是分批次，比如签完合同后、交稿后、开机前等。需要注意的是，尽量使前两次支付更多，避免项目被取消，且尽量在交稿之后结清，或者开机前也是比较合理的。比较不合理的是杀青、上映后再结清，因为这些已经跟编剧无关了。

其次，编剧一定要争取署名权。因为在短剧发展过程中，对编剧往往没有那么重视，所以在短剧相关的素材诸如海报等，一定要标注编剧的名字，相关的规定一定要列入合同条款之中。总之，千万不要在短剧行业内做不署名的无名写手。

最后，如果跟某个甲方有长期合作关系，或者比较信任，还可采用分账的形式。比如降低片酬，但可以通过收益分红获得更高利益。但如果只是一个新人编剧，且没有太多的话语权，那么就不建议这种分账方式了，因为编剧很难通过一些方式去了解这部剧的收益，这种情况下编剧很容易陷入利益纠纷之中。

短剧编剧对自身的要求

第一，最需要注意也是最重要的，是完成度。尽管学习了诸多故事的理念和方法，但毕竟没有完成过一部长篇剧本的创作，所以一切都是空谈。最重要的是，一定要先完成作品，再谈其他。

第二，按照甲方的要求去修改。完成一部剧本之后，创作者往往会对其有偏见，总觉得它完美无缺，如果有任何人提出不满和修改意见，都非常不满。作为新人编剧，如果甲方有修改要求，最好满足，按照要求修改作品。

第三，要找准自己的赛道。尽管一位创作者可能对各种类型的故事都很熟悉，但一定要知道在各种类型的故事中，自己最擅长什么，比如灵异、悬疑、爱情，等等，哪怕有些赛道非常小众。

写 好 短 剧

chapter 07

短剧剧本修改的
70个要点

你写完了故事，创作完了剧本，以为告一段落。其实不然，剧本的修改，在我看来是创作过程中相当重要的一环。从创作规律来看，修改的重要性体现在三个方面。

首先，如果你创作过一个剧本，就会知道，好的剧本从来都不是一气呵成、一蹴而就的，除非你是一位极有话语权、非常强势的编剧，不允许任何人动剧本中的一个字。但是，这并非一件好事，因为凭借第一感觉就诞生的内容往往是不好的，故事尤其如此，因为第一感觉只是创作冲动，其带有浓重的主观色彩，甚至可以说是创作者的自我陶醉，流行词语叫"自嗨"。在影视行业中，通常有这样一种方法，如果一位创作者某天灵光一现，觉得一个故事不错，他要做的不是急着写下来拿给投资人或者老板看，而是先把这个想法晾一晾，一个月之后再看看，如果依然觉得这个故事不错，不妨再拿给他们。但大部分的情况却是，许多创作者一个月后会觉得那个故事并不怎么样。

故事创意自然有它的可取之处，但通常都是不成熟的，所以一定需要修改。当我还是新手编剧的时候，创作一部三四十万字的剧本，算上修改的文字，文档的总计字数会达到200万字，有时候剧本的修改期可能会比创作期更长。

其次，当我们创作完一个故事后，会深刻地体验与洞见讲故事的方法、元素乃至套路，而以上这些，会在修改过程中再次使用，这相当于我们一遍遍重温写故事的方法，对未来的创作也更有裨益。

最后，越来越多的创作者开始接触 AI 创作。我非常支持，因为我从来不会反对任何新工具，但是我要强调的是，AI 只会极大地辅助你的创作，而永远不会代替你创作，只要坚守这个认知就可以了。AI 辅助创作有它的优势，这一点我们一定要把握，学会扬长避短。当 AI 生产出初步的文本之后，我们可以通过故事理论来进行调整修理，所以更应该知道如何改剧本。

具体而言，修改可以从四个方面入手：故事整体、人物、单场和其他。

重新翻开你的剧本，开始改吧！

■ 故事整体

选择你擅长和熟悉的内容下手

选材方面，创作者要在自己熟悉的领域内取材，不管是环境、人物背景、情节等，都要以熟悉、擅长的优先，尤其是对于新手编剧来说，创作时才能写得更加真实，游刃有余。

例如，我认识一位新手编剧，因为对情景喜剧感兴趣，因此写了一部发生在办公室、单身公寓等场景中的喜剧。看完之后，我觉得他对于这些场景中的工作流程等十分陌生，感到非常不真实，于是我问他本职工作是什么。他说他是修车行的老板，擅长修车，喜欢玩改装车，于是我告诉他，你为什么不把场景放在修车行呢？比起一个写字楼的办公室，修车店铺会有极大的优势，它有修车铺，是半开放的环境，各式各样的人可以造访，再把主角改成修车工，喜好改装，对你而言是非常擅长的，这样创作才会更真实。

选题是否"爽"

很多创作者存在一个根深蒂固的错误想法，觉得单纯地写一个爽剧格调很低。相反，如果揭露这个社会的阴暗面，为弱势群体摇旗呐喊，才会让这个作品更加高级。如果一个创作者还怀有这种想法，那么他永远也写不好一部爽剧，因为他始终扛着道德负担。

很多新人编剧，他们的第一个故事永远都是如下几种主角：被霸凌的人、离家出走的人、殡仪馆给死者化妆的人——我并不是说写这种人不好，只是我从未见过在殡仪馆给人化妆的入殓师，但为何有如此多这样的题材？或许这些创作者认为，沾染着死亡气息的事业非常酷，但死亡崇拜永远只是亚文化，反之让人大笑的、抛却烦恼的才是主流。我们身处影视行业，本身就遵守着商业文化，不应该眉头紧锁，认为让人哈哈大笑的事物都是歪门邪道。

这个社会的确有弱势群体需要我们的帮助与发声，但我们可以直接呐喊，而不是通过一部商业电影拐弯抹角地去抒发，浪费投资人的一大笔钱。

总之，不要试图用商业片既获得荣誉又获得金钱，那属于鱼和熊掌。只有真正通过作品有了能量之后，再去宣扬公平正义。

检查是否有结合时代的标志性环境因素

每个时代都有其标志性特征,展示其时代浪潮,使故事落地,快速帮助观众入戏。不要让故事开始十分钟了,观众都还不知道故事发生在什么时间、什么地点。

人物的前史和现状不宜过长

尤其是前史,尽可能地短。一些创作者的笔下,主人公出场时有丰富的过往、饱满的内心,因此恨不得把其所思所感、目前生活的方方面面都一一展露。记住,只交代有标志性的内容,和故事有关的元素,其余的部分能删减就删减。

检查任务的难度

有这么一个观点:"任何电影的任务都是不可能完成的任务。"就连《碟中谍》的英文原名都是:Mission Impossible(《不可能完成的任务》)。放在当下的环境中,创作者当然不能创作一个无法完成的任务,但是这句话能给我们极大的启示。也就是说,你笔下的人物面临的任务越难越好,想要解决的办法越难实现越好。有创作者认为,起始的任务难度很低,但在解决的过程中越来越难,这样可以吗?当然不行,因为观众不会再报以期待,早就跳转去看别的任务更难的短剧,不会再为这部作品充值了。所以,一定要检查你的任务设定是否过于简单。

设定简化

在一些超自然题材的短剧中,主角会有一些常人没有的能力,比如：预知未来。但是这种能力都伴有规则，如他在什么情况下可以施展，又能预知多远的未来，充分展现了创作者的想象力，这很好，但偏偏创作者又给这种设定附加了极其复杂的规则，想让观众认为他的设定是多么严丝合缝，比如在一种情况下他能预知多远，在另一种情况下他又能预知多远，遇到什么情况他的能力又会失效……

记住，凡是强设定尤其是超自然设定的故事，规则一定要简单，因为这种能力都存在漏洞，过于复杂只会让观众觉得破绽百出，从而出戏。观众不是来看这些花哨的设定、坐下来一起探究规则的，而是来看主角如何通过这些能力来打败坏人、拯救世界的，创作的任务是带领观众一起体验预知未来的爽感，过度的规则研究只会让他们回归理论。所以，规则一定要简单。

经典叙事

对于新手编剧，我建议其创作的前几部作品一定是线性叙事，即采用主角或主角团的视角完成故事的讲述。当然，创作者可以采用上帝视角去营造悬疑性，但不宜过多，因为这会让观众和主角的共情变弱。所以，在初次创作的时候，永远都要以经典叙事切入，构建故事。

集中时间

不管是电影还是短剧，尽量让故事发生在集中时间段里，比如3至5天，一个星期之内，能在短时间内让主角完成的，千万不要拖几个月乃至几年。观众欣赏时情绪是连续的，如果突然看到"几年后"的字幕，他们都会泄劲的。

检查开场

再次强调，热开场不是"热"，而是下钩子，营造观众的期待。如果是一场精彩的武打戏，但观众根本不知道双方都是谁，那么这种开场再热也是无效的，不要也罢。

关于真实事件在故事中的应用

故事永远是虚实结合的，因为创作者会把某些真实的人物和事件写进去，但一部分固执的创作者认为，这些人物和事件必须原封不动地放进去，这样才会让故事更加真实，格调更高。故事是艺术的加工，真实不是戏剧的诉求，好不好看才是，在讲述的过程中，创作者一定会根据真实情况进行适当的删减、改编，让故事更加顺畅合理。

这个道理说来简单，但很多创作者非常偏执，所以我要再次强调，影视追求的是身临其境，而不是真实。能让观众入戏，才叫真实，但很多真实人物和事件并不会那么符合笔下的故事，反而会让它不那么真实，引起反效果。

闪回

检查故事中的闪回数量，尽量少用，尤其是在第三、四幕的时候，因为此时故事以极快的节奏发展，而闪回是极易让观众出戏的。有创作者认为，在某一片段必须使用闪回，因为前文是有伏笔的，即便如此，也可以通过一些演员的表演去呼应，完全没有必要闪回。

头重脚轻

大部分创作者写作时都会存在一个误区,前面的剧情非常丰富,信息密集,占据很多篇幅,但到了后面就草草了事,变得非常乏力和苍白。出现这种原因,还是在于创作者没有按照故事写作的 20 个节拍去进行。一般来说,都需要创作者重新审视故事的转折,也就是所谓的第三幕——真冲突,这是故事的"腰",确定好它在中间的位置,删除前半部分无关的设定、前史、现状,以及绝大部分静态展示。

角色的压力

总体上,一个故事中,主角的压力是越来越大的,如果将其视为闯关,那么它的难度越来越大,压力也越来越大。不要出现第一幕主角有压力,结果第二幕压力卸除的情况。即便主角解决了部分问题,也可通过信息差让观众得知对手是有阴谋的,主角并不是处于真正的安全之中。

悬念

检查故事中是否存在一段时间内没有悬念。故事一定是关乎一个大悬念的,但要用这个大悬念去吸引观众看完那也是不够的,所以要在中途设置一些阶段性的悬念,这些悬念可以转换,可以重叠,但是绝不能断掉。

伏笔

一些创作者喜欢借用伏笔、首尾呼应,但要注意的是一定要少而精，一般来说埋一两个伏笔即可，再多就不行了，反而成为负担。伏笔的兑现时刻，一般在故事的高潮或高潮之后。

结局

不要永远都是皆大欢喜的结局，它可以是不尽如人意的，但依然是正向的主题。比如我们的英雄最终牺牲了，但观众感知到了：正义终将战胜邪恶。与此同时，他们留有遗憾。所以，创作者不要太在意主角的胜负，而是在意故事传达的主题是不是正向的。

■ 人物

我们在构建一个故事的时候，时常会遇到一个问题：是先构思情节，还是先构思人物？其实，这更像是一个先有鸡还是先有蛋的问题，反映出的是人物在一个故事中至关重要。在修改过程中，创作者也需要着重检查人物可能存在的问题。

肥皂泡

或者说龟壳。之前说过，主人公一定是要与大环境格格不入的，但同时他又存在一个苟活下去的理由，这个理由就是我们所说的肥皂泡，或者说一种与大环境妥协的方式，有的影视教材称之为小环境，比如他有某个需要养育的女儿，有某个牵挂的恋人，更多的时候，他会有一个坚守。这个词或许更能解释"肥皂泡"的含义。所以，创作者一定要检查自己笔下主人公在大环境下究竟在坚守什么。

检查主角的人设

创作者在剧本写作开始之前会写好人物小传，包括主角、对手、爱人和伙伴，其中每个人物尽量都要饱满，这样会涉及一个问题：在故事当中，这些人物的人设兑现了吗？如果没有，是否可以删掉？比如，小传中提及了某个人物社恐，但通篇都没有这种性格的体现，创作者就需要反思：到底是这个设定错误，还是创作时忘记了？这两种情况都有可能。

检查主角的诉求

诉求关乎主角的两个目标：外部目标和最终目标。所以这个诉求有两方面的要求，一是最好是原始诉求，二是必须得到观众的认可。

比如，《菊次郎的夏天》中，正男的诉求是寻找爱，他的第一个目标是寻找妈妈，这个诉求绝对正确，因为它很原始，且受到观众的认可，因此正男的上路才有说服力，即便后来他发现原来妈妈根本就不爱自己。

关于主角的群像问题

如果主角是多人，在行动过程中目标始终一致，从未分离，那么这些角色往往都是被拆分出来的，他们有着各自的优势和缺陷，从而形成主角团。虽然这是一种方法，但我们要把握一个原则：如果没有必要拆分，那么就别拆，尤其是在短剧之中，最好是单一主角，除非双主角之间有感情纠葛。

关于主角的平凡

理论上，我们要求每个故事的主角都是英雄，但他又是从平凡中来，回到平凡中去。所以，主角是平凡和英雄的结合体，这样我们可以允许他有特殊的血统，如此才能成就一番伟业。这样的主角是最好写的，所以，我们要检查主角平凡的一面，这样才能更容易打动平凡的观众。

检查主角的主动性

主角一定要主动面对问题、解决问题，不能太被动。有些创作者会写出如下这种情节：在对战高潮时刻，某个角色从天而降解决关键问题；主角失败了，某个角色如有神助，替他战胜对手。这些都不行，主角可以获得一些帮助，但必须主动解决核心问题，不容商量。所以创作者要检查这方面的问题。

关于主角的成长

在故事中，我们推荐主角完成一场完整的成长，甚至是从某个极端到另一个极端，比如《我不是药神》中，程勇从一个贪图小利、售卖假药的小市民成长为一个哪怕牢底坐穿也要赔钱治人的"药神"。所以，这个故事有足够的空间容纳主角的成长。

当然，这并不是绝对的，但我们要知道完整的成长弧线会让主角更有魅力，他在对手的压迫之下完成自己华丽的蜕变，成为更好的人。

检查主角的两难时刻

两难时刻，就是关乎主角的选择机会，他既可以选择 A，也可以选择 B，但一个会让他不忠，一个会让他不义。总之，要让他陷入痛苦的抉择之中。

在商业电影中，两难抉择是必需的，短剧更是要如此，这样才能有卡点充值的时刻。创作者要检查整个故事中是否有主角的两难时刻，艰难抉择。

检查主角的牺牲时刻

或者说脱俗时刻。简单来说，牺牲就是死去，但更多的是垂死时刻。比如《阿凡达》中，杰克的肉身消亡了，但他回到了纳美族群的茧中，成为纳美人。这就是非常复古的母体重生。在许多战斗类型的电影中，都会出现牺牲和重生的时刻。

但如果是写实类的电影，不太容易出现牺牲和重生的情况，就用脱俗来替代，即主角摆脱了世俗的困扰，比如摆脱儿女情长的束缚，等等。创作者要检查笔下主角的重生或脱俗时刻是否存在。

中性事件

通常，一个故事中有好人也有反派，他们怎么区分呢？最好的处理方式就是面对一个中性事件时，好人与反派有截然相反的抉择，这样就造成了主角和反派的矛盾。这一类的案例很多，比如《蜘蛛侠》中蜘蛛侠和章鱼博士、《复仇者联盟》中超级英雄们和灭霸，都是面对一件中性事件时有不同选择。有人选择了爱与包容，有人选择了冷酷与极端，但后者在某些情况下有非常合理的解释，这样就能非常明晰地区分主角和反派。

千万不要把反派单纯地设置为：品行低劣、道德低下，毫无理由地做坏事。在反派的世界中，他是故事的英雄，在他的理论体系中，他的一切抉择都能自圆其说。

反派的强大

甚至反派要强大到跟主角势均力敌，因为反派的智商对应主角的智商，过去常常有电影将反派塑造得无比愚蠢，被主角耍得团团转，主角毫无压力。可是，反派的愚蠢，不就证明主角的愚蠢吗？否则，他们为什么要对抗？

另外，反派也需要成长，当然不是说有成长弧光，而是说反派的能力在对抗过程中不断增强，这样主角的压力才会不断变大。

反派的行动计划

反派一定要有具体的行动计划，主角的压力因计划不断被完成而与日俱增，观众也知道反派的计划完成到了哪一步。通常而言，反派是会顺利地完成他的计划的，而绝不能是主角在反派的计划过程中就将其击败，反派得逞之后，境况会恶化到最严重的地步，主角才能绝地求生。所以，反派要有具体的行动计划，且步步紧逼。

关于道理

一般反派讲大道理，主角讲小道理。这个似乎与我们的常规认知相反，但如果我们去回忆一些看过的作品，似乎是有这方面规律可循的。比如，反派通常会说关于人类的未来、地球的命运这类宏大道理，而主角更在乎爱情、承诺、忠诚、孝顺这类小道理。这个就需要创作者去拿捏分寸。

检查配角是否为主角服务

检查完反派后，创作者需要再检查配角。因为配角都是为主角服务的，所以创作时也一定要从主角的角度去描绘，看看他和主角之间的关系，对主角的目标是帮助还是阻碍，这一定要明确好，否则配角就会无效。

配角的个性

配角越有个性，越有记忆点越好。因为配角原本没有多少戏份，更多时也没有目标，没有行动线，所以他很容易没有存在感，这时创作者就要注意塑造他的个性。

配角的合并

检查哪些配角是可以合并的，尤其是无关紧要的其他角色，这样故事的出场人数可以缩减，不要让观众在不必要的人物上花费太多记忆点，并且也能增加剧情的紧凑度、人物的个性化。

配角的合理化处理

配角是带着任务出场的，创作者要站在他的角度去理解他，千万不要让他为了坏而使坏，这样角色会十分突兀。

有一类反面案例即无厘头的电影，"无厘头"在粤语中，就是"没来由"的意思，一些角色莫名其妙地使坏，毫无理由地捣乱，或者突如其来地扮丑，创作者并未将其合理化。新人创作者不要去学习这种创作手法，迄今为止也就只有周星驰可以拍摄，因为他有那样的表演风格、才华和统治力，此后就再无成功的案例了，就连他不亲自主演的导演电影，无厘头也会显得有些尴尬。所以，我们不提倡无厘头，任何配角的行为都要合理化。

人物关系的变化

检查主角跟其他角色之间是否存在关系的变化，在两小时的作品中，如果人物关系丝毫没有变化和进展，那就成情景剧了。所以，至少有一种关系发生变化。

男女关系

故事中要存在非正常的男女关系，要么是三角恋，要么是单相思，因为男女关系是故事中的重要看点，如果全都是男女之间一一配对，好不美满，那肯定是不行的。

要有喜剧人物

不管什么类型，一个完整的故事中，需要一个喜剧人物，这会成为重要的记忆点。所以创作者看看哪些人物适合发展成喜剧人物。

要有性情中人

看看故事中是否存在性情中人，比如他很容易冲动，做事不顾后果，这种角色一般不适合做主角，但适合做配角或反派，这会让故事更容易发展，出现更多可能性。

■ 单场

检查单场的冲突

看看单场戏中有没有核心冲突，因为每场戏都得有冲突，甚至还有自己的起承转合，即便单拎出来，它也可以是一个故事，具备可看性。

检查单场的动作进出

这样可以使剧情流动起来，同时让观众可以有更多想象的空间，这样说很抽象，比如，几个壮汉把主角围住，试图围殴他。那么镜头停止在他们落下的拳头上就行，下一个画面，就可以切到主角鼻青脸肿地去上班的样子。这就是用动作进出。

场景描述是否可视化

进行环境描写时要有全面的感知，包括你看到什么、听到什么、闻到什么、摸到什么，对于新手编剧来说，这些是很容易被忽略的。创作者有了对环境的全面感知，这样观众才会有身临其境之感。

不要在乎修辞和语言美感

不要浪费笔墨和时间在修辞上，这样很容易让剧本走偏。很多小说创作者，一定要在环境描写、人物语言上加入修辞，但这是没必要的。台词只强调口语化，不要文学化。

检查场景是否单一

很多创作者把精力放在故事上,反而忽略了场景的重要性。记住,场景也是一种创作,比如,主角要问一个老板借钱,这个场景通常会设置在办公室中,但如果是在 KTV 中,老板正在唱歌呢?又或者老板在按摩店按摩呢,老板在球场打高尔夫呢?不同的场景,两人的对话肯定不同,同时又可以产生许多创意。但在很多创作者笔下,场景都非常日常、单一,例如咖啡厅、饭店、车里、床上等,毫无新奇感。

检查信息差

我曾多次强调,信息差是影视化作品的优势,一定要好好利用,要么角色的信息大于观众,要么观众的信息大于角色。在某个具体场次中,这种信息差是否可以引发良好的效果?这些都需要创作者考虑。

检查多样化,或者烈度

通常对手的攻击会给主角带来压力,这种攻击源可以是多重的,环境、对手甚至自身;攻击对象也是多重的,比如肉体、精神、道具、技能、关系、缺陷,等等。要检查这些冲突是否多样化,不要塑造了一大堆人物,但都非常单一,且攻击的烈度要非常剧烈。

检查正负极

在好莱坞创作的剧本中,倘若以某个任务、目标为基准,将角色的行动分为具体的阶段，每一阶段都要更接近或远离目标，且要依次交替，更接近目标，就是正极，更远离，就是负极。比如，主角为了追求某个女孩，他做了一系列的事情，他做了某件事，却让女孩更讨厌他了，这就是负极。接下来，创作者注意要设计一件正极的事情，让女孩对他有所改观，这样就能交织进行。通常好莱坞的剧本中，制片方会在单场中标注正负极，向上就是正极，向下就是负极，如果某一极多次出现，就意味着剧情的起伏出现了问题。创作者也可通过这种方式来检查自己的场次安排是否足够起伏。

删除不确定的情节

一些单场，就连创作者自己都不知道有没有用、好不好看，那么都一律删除。因为连创作者都不确定，更何况观众呢？千万不要对删除感到可惜，因为剧本是时间揉搓的艺术，不必事无巨细、面面俱到，何况观众都是可以自行想象的。

一部 5 万字的剧本，起初可能会写到 10 万字，最后删掉了一半。哪怕是最终的成片，导演也会删掉许多无用的镜头，这种情况非常常见。所以，在剧本的创作过程中，瘦身是一件很重要的工作。

检查角色状态

角色在单场里，要有状态的变化，比如开场时他十分愤怒，这一场结束时他已然平静下来，创作者也可以重点关注每一场是否有这样的变化。如果任何角色都没有状态变化，那么这一单场也可以删掉了。

检查无关动作

创作者在写单场的时候，脑子里会浮现非常丰富的画面，因而出现了过多的五官动作，比如他挑了挑眉毛、撩了下头发，眨了多少次眼睛，等等。这里需要注意下，这类无关动作统统删除，创作者不需要写那么细，只需要写出演员的情绪就可以，至于具体的动作，交给演员去创作，不要过度干涉。

检查内心独白

如无必要，独白、旁白都尽量不要使用，因为这不是正常讲故事时该有的方式，只有实在没办法了才用。

检查是否用台词来推进剧情或带来情况改变

台词只是辅助，不是用来解决问题的，所以创作者不要使用对白来推进剧情的发展，带来剧情的转变。检查场次中这类情况是否太多。

电话

看看故事中角色打过多少次电话、发了多少次短信。尽管日常生活中，我们十分依赖手机，但在影视作品中，这种戏份不要出现太多，很简单，因为打电话、发短信，只是单纯地交代信息，一到这类镜头，戏就停了。

检查潜台词

创作台词时，先写潜台词，再写真实说的话，所以创作者一定要检查重点台词有没有潜台词，这样才能让剧情更引人入胜，观众的代入感更强，可以跟上故事的节奏。

检查台词的声音

创作者要在脑海中过一下每个角色的声音，他的口音特点，是不是带有方言，等等。每个角色都要有不同的声音。

口语化

这个如何检查呢？很简单，读出来。当我们把文绉绉的书面语言读出来时，就会立刻发现它跟口语的区别，因为我们在日常生活中绝不会使用它们。只有读出来，觉得不别扭了，台词才是真正的口语化。

检查问答

看看故事中是否存在大量的你问我答。超过五回合，就该删掉多余的了。不断地问答，就意味着还是在用台词推进剧情，交代大量信息。还是那句话，台词永远是动作的补充，不要依赖角色之间的问答。

检查代词

之前说过，代词、关联词乃至省略号、感叹号等，如无必要，尽量少用。

对白越少越好

还要再次强调，台词越少越好，能删则删，不要让角色说太多的话。细心的观众可以发现，电影的台词一般会比电视剧少很多，这是因为电影的预算高，在资金充裕的情况下，导演、编剧和演员都倾向少说话，多展现。只有在没钱的情况下，创作者们只能用台词推进剧情，节省经费。因此，我们一定要多做、少说。

检查台词是否枯燥

一旦发现台词写得很枯燥，编剧需要不断凑字数，使两个角色在那里干巴巴地对话，这场戏的能量一定出现了问题。所谓能量，就是冲突，就是"戏"，能量足够了，哪怕是极其简短的台词，也会带给观众强烈的力量感。

■ 其他

检查双重神秘

如果题材是超现实主义，那么就要避免出现双重神秘，比如，一个故事如果出现了穿越时空的情况，但又加入了外星人的元素，那就不行。一是会使故事的赛道不明确，二是容易失去观众，因为这个故事要让观众同时相信两种神秘，会更加不可信，所以要避免这样的情况。

检查故事中是不是有死亡

如果从头至尾都没有人去世，可以看看是否能营造一场死亡。

检查剧本有没有倒计时

看看有没有某个关键的截止时间，设计一个巧妙的倒计时，让观众体验危险的逼近，这是让故事变得紧凑而紧张的手法。

检查片名

特别是短剧，故事的名字一定要呈现这部剧中最大的冲突或最大的卖点。不要取太文艺的名字，因为你的故事是要拿到市场中打拼的，所以一定要在标题体现最好看的地方。这就像是开饭馆一样，把招牌菜写在招牌里，某某麻辣烫、某某牛肉面，等等，简单直观，除非做成了知名饭店，才有文艺和高级的资格，比如藏龙阁、观云斋。

尽量使角色名字多样化

最好贴合人物性格，但也不要太奇怪。

检查关键道具

看看故事中有没有关键性的、标志性的、让人记得住的道具。不管是紧张的还是舒缓的故事，如果通篇都没有这类道具，那是不行的。

不要夹带私货

比如致敬某某人，只有少部分人看得懂的梗，这类都不要出现在剧本中。

不要怕俗

很多桥段确实需要用到一些俗烂的、前人用过很多次的套路，这没办法。因为创作者并不能保证故事全都是创新的梗，这绝无可能，甚至使用太多创新的梗，也会让观众难以接受。该用俗烂的桥段就用，不要因为别人都用，所以自己不用，只要效果好、观众觉得好看就行。

检查情绪是否丰富

角色是否在该有的地方展露情绪，该担心的时候没有担心，该激动的时候异常平淡。故事的情绪要是多元的，并且要展露出来。

检查故事是否展现过一个知识点

人都是有猎奇需求的，如果在故事中埋下一个知识点，填补观众的知识盲区，这是可以的，特别是要在创作者擅长的领域，制造一个让观众满足的知识点。

展现哲思

甚至可以通过反派去展现，当然这一点一定要点到即止，不可多谈。

增加反转

到这里，创作者多次检查、修改了剧本，可以再考虑看看，是不是可以来一个反转。特别是在短剧中，不管是在高潮还是结尾部分，都能增加一个反转。

以上，就是修改剧本的 70 个方向。根据这 70 个关键词，创作者可以检查、修改自己的剧本。

写好短剧

结语

讲好自己的人生故事

写到这里，关于短剧的剧本创作理论和变现方法暂告一段落。相信你已经跃跃欲试，想要打开电脑，开始写自己的故事。

但是，作为在演艺圈摸爬滚打多年的从业者，我还有四句话想要送给大家，助力各位的创作生涯。

"熟后生"

明代大书法家董其昌在论述书法技巧时曾说："字须熟后生。"意思是说，技巧在由生疏进入成熟之后，不能止于熟，而必须进一步不断变化，不断创新，超越禁锢自己的思维定式和操作模式。只有这样，才能永葆一个书法家的艺术青春和创作活力。

创作剧本同样如此。我们都知道，创作是有方法的，本书也旨在总结一个好故事所需的技巧。只是，当你真正开始创作的时候，请一定不要被方法束缚，尽量地忘掉它。方法只是帮助成长而已。

这就像我们在驾校学习开车一样，教练会教导学员固定的方法，比如半坡起步、倒车入库、侧方停车，等等，但从驾校毕业之后，学员面临的交通情况千千万万，不可能只靠那些方法去应对。如果一个学员始终在用那些技巧口诀开车，那么他从未真正从驾校毕业。

所以,真正上路的时候,请务必忘掉那些条条框框,专心创作。

认清这个世界,然后爱它

通过剧本创作的经验总结,我们了解到,其实很多影视、小说背后都是套路、都是方法:共情是套路,爱情是套路,成长也是套路,似乎我们写下故事,只需要按部就班,充满目的。

可事实上,这个世界本身就是一个故事,我们不过也是其中的一员。只是我们看透了世界的本质,并不代表我们看破了这个世界。认清世界的运转规则,只是为了方便我们获得优势,而不是转而放弃。

作为一个创作者,认清故事的套路,然后享受它、热爱它。

做自己人生故事的主角

尼采曾说:"你要搞清楚自己人生的剧本——你不是父母的续集,也不是子女的前传,更不是朋友的外篇。"

我希望每一位创作者可以讲好自己的人生故事。每一个人都是自己故事的主角,千万不要活成一个配角,要有自己是主角的信念和思维,拥有主动目标,围绕自己建立伙伴、爱人,达成属于自己的人物弧光,摆脱困境,实现成长。作为主角,你一定要讲好自己的人生故事。

讲好每一个中国故事

我希望每一位创作者可以讲好我们的中国故事。我们活在巨大的故事里，故事能力是一个人的核心竞争力，也是国家和民族的核心竞争力。

小时候，电视机上每天播放动画片《变形金刚》，每个男孩子都非常喜欢。后来，我们班上有一个男孩有很多变形金刚的玩具，价格不菲。而我的家里条件不好，只能羡慕。这个男孩可以允许我去他家里跟他一起玩变形金刚的玩具，他家住在城西，我家在城南，每天放学后，我都去他家里玩一会儿，然后再走45分钟夜路回家。并且，他玩正义的擎天柱，而我只能玩邪恶的威震天，每次战斗时，我都会落荒而逃，从未胜利。

这件事在我心中留下了深深的烙印，直到我进入这个行业，我才恍然，其实，变形金刚是一个标准的美国故事，它身上的白色、蓝色、红色是美国国旗的颜色，通过变形金刚，它告诉全世界：它代表正义，并且终将拯救世界、拯救地球，永远胜利。

但现在不一样了，学会了创作，我们可以向全世界讲好每一个关于中国的故事，为世界增添属于我们、属于中国的光彩。

— 全书完 —

写好短剧

作者_查理

产品经理_周延　装帧设计_杨慧　技术编辑_丁占旭
责任印制_刘淼　出品人_曹俊然

果麦
www.guomai.cn

以 微 小 的 力 量 推 动 文 明

图书在版编目（CIP）数据

写好短剧 / 查理著. -- 西安：太白文艺出版社，2025.3. -- ISBN 978-7-5513-2888-3

Ⅰ. I053

中国国家版本馆CIP数据核字第20245WY436号

写好短剧
XIEHAO DUANJU

编　　著	查　理
责任编辑	葛晓帅
装帧设计	杨　慧
出版发行	太白文艺出版社
经　　销	新华书店
印　　刷	北京盛通印刷股份有限公司
开　　本	880mm×1230mm　1/32
字　　数	150千字
印　　张	7.75
版　　次	2025年3月第1版
印　　次	2025年3月第1次印刷
印　　数	1—8,000
书　　号	ISBN 978-7-5513-2888-3
定　　价	59.80元

版权所有 翻印必究
如有印装质量问题，可寄出版社印制部调换
联系电话：029-81206800
出版社地址：西安市曲江新区登高路1388号（邮编：710061）
营销中心电话：029-87277748　029-87217872